とりもの

〈謎〉時代小説傑作選

梶よう子／麻宮 好／浮穴みみ
近藤史恵／西條奈加
細谷正充 編

PHP
文芸文庫

○本表紙デザイン＋ロゴ＝川上成夫

とりもの〈謎〉時代小説傑作選　目次

雪花菜《きらず》

梶よう子

一

両国橋《りょうごくばし》の西詰。大川を背にした担ぎ屋台に下げられた三つの赤い提灯《ちょうちん》がぼうっとあたりを照らしている。

北町奉行所同心《どうしん》、澤本神人《さわもとじんにん》はその赤い光に導かれるように、酔いの回った足で屋台へ近づいていった。

今夜は横山町《よこやまちょう》の名主《なぬし》である丸屋勘兵衛《まるやかんべえ》に柳橋《やなぎばし》の料理屋に招かれての帰り道だった。

江戸の町は二十一番組と、番外に吉原《よしわら》、品川《しながわ》を含めた二十三に区分けされているが、横山町に住む勘兵衛は日本橋《にほんばし》、両国界隈《かいわい》を含めた二番組の名主のひとりだった。

勘兵衛の笑い声と三味線《しゃみせん》やら太鼓《たいこ》の鳴り物の音がいまだ神人の耳の奥底にへばりついている。

いつもは眉間《みけん》に皺《しわ》を寄せ、くすぐられても表情ひとつ崩さない仏頂面《ぶっちょうづら》の勘兵衛がことさら上機嫌だったのはこれで二度目だ。最初は老中《ろうじゅう》、水野越前守忠邦《みずのえちぜんのかみただくに》が蟄《ちっ》居《きょ》を命じられたとき、そしてこたびは元南町奉行、鳥居甲斐守耀蔵《とりいかいのかみようぞう》が丸亀《まるがめ》藩京極《きょうごく》家に預かりとなったからだ。

　鳥居は水野忠邦の綱紀粛正《こうきしゅくせい》、奢侈《しゃし》禁止を謳《うた》いに謳った改革の下に容赦《ようしゃ》ない取り締まりを行ない、官位の甲斐と耀蔵の耀を合わせ、妖怪（耀甲斐）と恐れられた。出版物の統制、役者の追放、芝居町の移転、寄席《よせ》小屋の縮小、絹物禁止、衣装の模様の制限などなど、あらゆるものに眼を光らせ摘発《てきはつ》し、女髪結いの禁止にいたっては、客も手鎖《てぐさり》の上、髪結いとともに丸坊主にされた。岡っ引きや小者《こもの》はむろんのこと、庶民をも使い密告させた。

　名主の勘兵衛も鳥居から密告を強要され、ときにはでっちあげても構わないとまでいわれたという。

　そんなしみったれた改革風が町中に吹き荒れて、江戸でも有数の盛り場である両国広小路《ひろこうじ》は火が消えたようなありさまだったと勘兵衛は洟《はな》をすすった。

「そりゃあね、神人さんはお役人だから、滅多なことはいえませんがね、あたしはガキの時分から、両国で遊んでおりましたからね」

　横山町は両国広小路から、西へ延びる通り沿いに一丁目から三丁目まである。勘兵衛は一丁目に住んでいた。

「そりゃあ寂しくてたまりませんでした。だいたい去年の夏に芝居小屋で死人《しびと》が出たじゃないですか」

両国広小路に設《もう》けられた小屋掛けが崩れ、多数の死傷者を出した事故だ。

「あれだって鳥居の手の者がやったって噂《うわさ》があるほどですから」

幸い神人は北町で、庶民の娯楽や暮らしを圧迫してまで統制を加えることはないと、改革に難色を示していた遠山左衛門尉景元《とおやまさえもんのじょうかげもと》の下であったので、無理やり庶民をしょっ引いたり、詮議《せんぎ》をするということは少なかった。

それでも改革のために店が立ち行かなくなりもし、暮らしのために芸事の師匠をしていた女たちが牢に入れられるのは得心《とくしん》がいかなかった。

しかし締めつけが厳しいほど、その隙間《すきま》を縫うのが世の常だ。派手な表地が禁止なら裏地に凝《こ》る。木綿を着ろというなら舶来の唐桟《とうざん》物。広間での宴席がだめなら、狭い座敷で男女がしっぽり……という具合に、庶民は結構、したたかだったと、神人は苦笑する。

「でもこれで大道芸人たちも茶店女たちも戻ってきます。床店《とこみせ》もあっという間に並びました。寄席小屋だって倍《た》ですよ」

勘兵衛はこれまで溜まっていた鬱憤《うっぷん》を吐き出すようにしゃべり倒すと満足げに帰

って行った。

そろそろ町木戸が閉まる刻限だ。職人らしき男がふたり、急ぎ足で両国橋を渡って行く。

神人は軽く襟元《えりもと》を合わせた。神無月《かんなづき》に入ったばかりではあるが、夜はずいぶん冷える。いや冷えるのは酒の気が抜けてきたせいかなどと思いつつ、ふと眼に入った提灯《ちょうちん》の文字を追う。

稲《いな》、荷《り》、鮓《ずし》……と、神人は呟《つぶや》く。

屋台の前に立ち、列を整えて並ぶ稲荷鮓を神人は土産《みやげ》にしようと思い立ち、

「おい、十ばかり包んでくれねえか」

しゃがみ込んでいる稲荷鮓屋へ声をかけた。

「へい」

くぐもった声がして男が立ち上がった瞬間、

「おおっ。驚かすんじゃねえよ」

神人は思わず身構えた。

頬かむりをした稲荷鮓屋は、ご丁寧《ていねい》に狐《きつね》の面を付けている。

「あいすみません。これも商売道具なもんで。お見廻《みまわ》りご苦労さまでございます」

黒の巻き羽織《ばおり》に着流し姿の神人を見て、稲荷鮓屋は頭を下げた。

「ははあ、おまえさんかい。両国橋の袂《たもと》で夜っぴて狐が商《あきな》いしていると評判になっていたが」

「こりゃあ、どうも」

「ここふた月ほどだったな」

「はい。このあたりじゃまだ新参者でして」

「ふうん。生国《しょうごく》はどこだい」

「……上方《かみがた》、になります」

「にしちゃ訛《なま》りがねえ」

「ふた親が江戸の生まれでしたもんで」

「なるほど。しかし、いくら商売道具とはいえ、夜の夜中に面を被《かぶ》ってるなんざ、おれみたいな御番所《ごばんしょ》勤めに難癖つけられるぜ。といっても見廻りじゃねえ。宴席の帰《け》えりだから気にするな」

いいながら神人は酔った眼で狐面の稲荷鮓屋に視線を巡らせた。指先、手の甲、皮膚の艶《つや》やたるみ具合を見る。声の感じを加えると、四十ほどであろうと思われた。

「はあ、じつは顔の右に火傷《やけど》の痕《あと》がありまして。それを隠すために思いついたんでございますよ」

「ん、んー、火事か？」

「ええまあ、そんなところです。食べ物商売でこの顔をさらしてたんじゃ、お客が寄り付かなくなっちまいますから」

稲荷鮓屋がわずかに狐面を上げた。

神人は面の下を覗《のぞ》き込むようにした。提灯の光に照らされた火傷の痕が赤く浮かび上がる。右の頰から顎《あご》にかけ、皮膚が引きつれていた。さほど古い痕ではなさそうだ。

稲荷鮓屋は再び面を戻した。

「とんだお眼汚しで」

「それでも命があっただけいいじゃねえか。そういや、おれもてめえの面相《めんそう》に嫌気がさしたことがある」

「お役人さまはけっこうな二枚目だ。なるほど女子《おなご》に追いかけられてお困りですか」

「馬鹿いうねぇ。おれは三十路《みそじ》の男やもめだ。そうじゃねえよ。この顔のおかげで二年前にお役替えになったんだ」

「それは、お珍しい」

包んだ鮓を差し出しながら稲荷鮓屋が軽く含み笑いを洩《も》らした。

「世の中そうしたことだってあるんだ。おまえさんだって火傷を負わなきゃ狐面を被《かぶ》るなんて思いもつかなかったろうしな」

「恐れ入ります」

神人は懐を探る。

「お代は結構ですよ。お役人さまからはいただけません」

「そいつはなしだ。おれはただで欲しくて声をかけたんじゃねえ。うちの者に食わせてやりてえと思ったんだ」

「それはご無礼を。十で二十七文《もん》になります」

「二十七？」

酔った頭でも、さすがになにかの間違いだろうと、神人は訊《き》き返した。

「たしかに二十七文でございますよ」

「ひとつが三文でも相場の半分以下だってのに、それより安いじゃねえか」

一瞬、狐の面が笑ったように見えた。だが、面が笑うなどあり得ない。かなり酔っているなと、神人は眼をごしごしこすった。

「十買うと、ひとつおまけで、九つ分のお代をいただいております。おかげさまで武家屋敷の中間《ちゅうげん》の方々がお得意さまで四ツ（午後十時）過ぎからが稼ぎどきなんでさ。二十、三十とお夜食にされるので助かります」

「ふうん、博打《ばくち》の合間の腹ごしらえか」

両国橋から西南の方角は武家地だ。下屋敷《しも》などで抱え中間らが手慰みとして博打に興じることはままあることだった。

はてそれはと、稲荷鮓屋が空とぼけた。

「ま、ひとつの値を上げるより数をこなして儲《もう》けをと思っているものですから」

「ああ、なるほど商売上手《じょうず》だな」

「稲荷は商売の神様でございますからね」

「違《ちげ》えねえ。狐の面もあやかりかい」

「ええ、まあそんなところで」

伊勢屋稲荷に犬の糞《くそ》。江戸に多いものを表す言葉だ。これに火事と喧嘩《けんか》も入るかもしれないが、どういうわけか、江戸には稲荷社が大小さまざま各所に点在している。商家はむろん大名、旗本屋敷、長屋の片隅にも鎮座《ちんざ》している。一町《いっちょう》にひとつどころではなく、小さな祠《ほこら》が二社、三社とある。千は下らぬといわれるが、多すぎて誰も数えた者はない。

そもそも稲荷は、農耕の神として信仰され、五穀豊穣《ごこくほうじょう》の願いがいつの間にか商売繁盛に結びついた。

浅草寺《せんそうじ》北、浅草橋場《はしば》町に近い大川《おおかわ》沿いにあり風光明媚《ふうこうめいび》な征木《まさき》稲荷社、向島《むこうじま》の隅田堤《すみだづつみ》下の三囲《みめぐり》稲荷社などは人々に人気の社《やしろ》だ。

毎年二月最初の午《うま》の日は、稲荷社の祭礼だ。

初午として子どもたちが太鼓を打ち鳴らして、町内を練り歩く。

賑《にぎ》やかというよりは、やかましい。見廻り中にこの一団とすれ違うと、少々耳を塞《ふさ》ぎたくなるほどだ。この日ばかりは、大人も眼をつむり、やりたい放題の子どもたちを見守る日だ。

神人は稲荷鮓の包みを手にした。

「じゃ、たしかにもらって行くぜ」

「旦那、足下お気をつけて」

「うまかったらまた寄るぜ。あんた名は」

「へえ、弥助《やすけ》と申します」

「弥助か。おれは北町奉行所諸色調掛同心《しょしきしらべがかり》、澤本神人だ」

「諸色調掛同心さまでしたか」

狐面の下で驚き顔をしているのであろうと思われるような声を上げた。

諸色とはいわゆる品物全般を指すが、物価の意味も持つ。なので諸色調掛は、市中にあふれる品物の値を監察《かんさつ》し、またお上の許しなく出版物がでていないかを調べる。あまりにも悪質な場合には奉行所にて訓諭《くんゆ》するというお役目だ。

「ははは。おまえの稲荷鮓にはお咎《とが》めはねえよ。商いに励めよ」

「ありがとう存じます」

踵《きびす》を返し歩きかけた神人は、ふと立ち止まって首を回した。

すでに屋台の前には中間らしき男が立っていた。

神人は稲荷鮓の包みを大刀《だいとう》の柄《つか》に掛け、ふらりふらりと船つき場へ向かった。

二

猪牙舟《ちょきぶね》が右に左に傾《かし》いでいる。きりなく身体《からだ》を揺すられているうち、次第に胸のあたりがむかむかしてきた。

「いい加減にしないか、このへっぽこ船頭」

神人の怒鳴り声に振り向いた船頭は狐顔だ。

わっと叫んだところで眼が覚めた。

七つになる姪《めい》の多代《たよ》が驚き顔で覗き込んでいる。どうやら多代に身体を揺すぶられていたらしい。

「伯父上《おじ》。朝餉《あさげ》の支度ができておりますよ」

神人はあわてて身を起こしたが、

「あたたた」

すぐさま頭を抱えた。

神人は痛む頭を押さえて、はっとした。料理屋を出たあと、両国橋の袂で稲荷鮓を購《あがな》い、舟に揺られて戻ったせいでこんな夢を見たのだろう。己の単純さにほとほと呆《あき》れ返った。

「もう御酒は召し上がらないといっておられたのに……」

神人の枕辺に膝を揃《そろ》えて座る多代が、白い頬をぷくっと膨《ふく》らませた。

「子どもの多代にはわからぬだろうが、お役目柄付き合いというものがある。こればかりは拒《こば》みたくてもどうにもならんのだ」

神人は一応厳《いかめ》しくいってはみたが、多代は疑わしげな眼を向けてくる。

多代の不審はもっともだ。神人はそれほど酒に強いほうではない。呑めば必ず二日酔いになるのがわかっていた。だが、誘われたり頼まれたりすると嫌とはいえず、つい調子に乗ってしまう。果たして今朝も二日酔いというありさまだ。ずきずき頭は痛み、胸のつかえが取れない。さすがにこれではお役目にも差し障《さわ》る、なにより己が辛いと思いきわめ、

「もう酒は呑まぬ」

多代の前で高らかに宣言したのはつい一昨日《おととい》のことだったのだ。

「では、なるべくお早めに」

多代が寝間を出て行った。ずいぶん生意気な口を利《き》くようになったと苦笑した。少し前まで稚児髷《ちごまげ》であったのが懐かしく思い出される。

多代の母で、神人の妹の初津《はつ》は七年前に死んだ。多代を産み落とし、わが子の顔をひと目見ただけで逝《い》ってしまったのだ。

初津は三年子ができぬからと離縁されたが、そのときすでに多代を身籠《みごも》っていた。しかし出された以上はもう戻れないと、嫁ぎ先へ報《しら》せることはなかった。

妹の忘れ形見を神人は男手ひとつで育て上げた。いまわの際《きわ》に初津から、

「この子をお頼み申します、兄上」

手を合わせて拝まれた。

すでに父母もなく、たったひとりの家族である妹の願いだ。その妹がわが子を遺《のこ》して死出《しで》の旅に発《た》つ。どんなに悔《くや》しく心残りであったろうかと神人はいまも思う。以降、多代を育てるのに懸命になった。縁談話もなかったわけではないが、妹の子とはいえ、嫁いできた早々、赤子の世話を押し付けるようで気が引けた。正直こちらにそういうつもりがないにしても、そのようにとられても仕方がないだろう。それにまことは神人の子ではないかと疑われ、いちいち釈明するのも面倒だということもある。

親戚は、意地を張らずに婚家へ多代が生まれたことを報せ、引き取ってもらえといった。

しかし、初津の嫁ぎ先は無役の小普請《こぶしん》組とはいえ、れきとした幕臣だ。御番所勤めの不浄役人の娘と、姑《しゅうとめ》は、はなから初津を疎《うと》んじ、あげく子ができないうまずめだと追い出したのだ。それでも連れ合いが守ってくれたならまだしも、母親に頭の上がらぬ馬鹿息子ときた。さらに風の便りに聞いたところでは、母親の勧めで、すでに次の婚儀が調《ととの》っているというから怒りも沸かぬ。

　そのような家に多代をいまさら戻したところで、やっかい者扱いされるのは目に見えている。

　だいたい、初津から託されたのは、おれだと、親戚一同睨《ね》めつけた。皆、勝手にしろと呆れたが、それでも産着《うぶぎ》やむつきを届けてくれたのは、ありがたかった。

　近所にもらい乳を頼んだり、夜泣きで一睡もできなかったこともあったが、飯炊きのおふくとともに、歩いただの、むつきがとれただの、言葉を発しただの、成長を喜んでいるうち、三十でいまだ独り身ではあるが、神人は気に留めていない。多代がこの先、嫁《か》してしまい、澤本家がなくなろうと、それはそれでいいと思っていた。

　物事はなるようにしかならない。

　神人の思いは常にそこにある。

　転がる石を無理に止めることもない。川の流れを変える必要はない。

　諦観でも達観でもなく、むしろ楽観的にそう思っているのだ。

　お役替えのときもそうだった。

　かつて神人は亡くなった父と同じく定町廻《じょうまちまわ》りを数年、その後は隠密《おんみつ》廻りを務めていた。

隠密廻りは、定町廻りと同じように市中の見廻りを行い、犯罪を取り締まるお役目だが、大きく異なるのは、職人や医者、商人などに変装し、文字通り隠密に行動する点だ。

だが、二年前、その日は突然やって来た。

北町奉行に就任した鍋島内匠頭直孝《なべしまたくみのかみなおたか》が、与力《よりき》、同心らを一堂に集め挨拶を述べた際、神人を見てふむと唸《うな》った。年番与力に何事かを問い、その返答に満足すると、鍋島は険のある眼をすがめて扇子を神人へ向け、

「お主、顔が濃い」

ひと言いった。

視線が一斉に神人へ注がれ、一同大いに得心した。あまりに感心して膝を打つ者が五人はいた。

たしかに神人は彫り深く、目許《めもと》涼しく、目鼻立ちも大振りで、人眼に立つ容貌《ようぼう》をしている。はたから見ると、かなり様子のいい男なのである。

変装して探索にあたる隠密廻りは、どのような格好をしてもその場に違和感なく溶け込める、特徴のないうすい顔立ちのほうが便利なのだ。

つまり神人は隠密廻りとして適任ではないと鍋島に引導《いんどう》を渡されてしまった。

そういえば思い当たることが多々あった。神人もときには鋳掛《いか》け屋になって、穴あき鍋の修理をしたり、棒手振《ぼてふ》りの魚屋となり市中の探索にあたっていたが、知り合いがはっとした顔で通り過ぎるのである。要は変装しても見抜かれていたというわけだ。

己の顔などまじまじ見たことなどなかったが、さすがにこのときばかりは鏡を覗いて唸《うな》ってもみたし、顔立ちも恨《うら》んだ。

そのころはまだ天保《てんぽう》の改革が厳しかったこともあって、人手が足りなかった諸色調掛に異動させられたのだ。

それでも定町廻りや隠密廻りなどというお役目は、悪党を捕縛《ほばく》し、ときには刀を抜かねばならぬこともある。まだ五つだった多代のことを思えば、諸色調掛に移ったことを感謝せねばならないのかもしれず、これもまたなるようになったと得心したのだ。

もっとも元の同僚からは、

「おれはうすい顔ゆえ隠密は天職よ」

と皮肉られた。

痛む頭を押さえながら、神人はゆるゆる立ち上がり、居間へ向かう。多代がかしこまって待っていた。

膳《ぜん》を前に胸が焼ける気がしたが、飯をよそう多代にはいえない。

「ああ、そうだ。土産の稲荷鮓があったろう」

多代が碗を差し出し、にこりと笑った。

「とてもおいしゅうございました。おふくさんと一緒にいただきました」

ふくは五十を過ぎた澤本家の飯炊きだ。

「それはよかった。どれ、あとでおれも味見を……」

神人がいうや、多代の顔がさっと曇《くも》り、

「もうありません」

申し訳なさそうに俯《うつむ》いた。

「ないって、十も買ってきたんだ。みんな喰《く》っちまったのか？」

「さっき庄太《しようた》さんが四つ、立て続けに」

「あいつ朝飯まで喰《く》らいに来たのか。痛《い》てて」

神人は再び頭を抱えた。己の怒鳴り声が頭の中で破《わ》れ鐘のように響く。

すると庭側の障子《しようじ》が開き、柿を入れたざるを抱えた庄太が顔を出した。

「おはようございます、旦那。裏庭から柿をもいできましたよ。多代ちゃんから二日酔いだと聞いたんで。柿の実は残った酒の気《け》を除いてくれますから」

「そいつはありがてえが、うちで朝飯とはどういう料簡《りようけん》してやがる」

「いやだなぁ朝飯はちゃんと家で喰ってきましたよ。いただいたのは間食です」

庄太が縁側に腰をかけ、頰を揺らして笑った。満月のような丸顔に、ちまちまと並んだ目鼻がたぬきを思わせる。

神人はあからさまに眉をひそめた。

「朝と昼の間に喰うから間食です。ごちそうさまでした。けっこう甘めの味付けでしたが、みりんの甘さなんでしつこくない」

悪びれることなくいう。

「おめえの講釈を聞いているわけじゃねえ。なにが間食だ。だから二十そこそこのくせして腹がそんなに突き出ちまうんだぞ」

「そうですかねえ」

庄太は自分の腹をぽんと叩《たた》いた。多代がその様子を見てくすくす笑う。

庄太は神人が使っている小者《こもの》だ。とはいっても雇い主は名主の丸屋勘兵衛である。町場の諸色調は、まず町奉行から町年寄に命じられ、次に各番組の名主へと下りてくる。

名主は、人別改《にんべつあらた》め、町触れの伝達や町内の細々《こまごま》した事務を行なっていたが、勘兵衛は諸色の調査も任されていた。

そのため庄太のような者を数人使い、市中を巡らせ、物の値段を探らせている。不当な値上げや、不正出版物が見つかったときには、諸色調掛同心や町年寄へ報告することになっていた。

神人は、金治《きんじ》という小者を以前つけていた。だが、隠密同心の役を解かれ、諸色調掛同心となったのを境に、定町廻りの和泉与四郎《いずみよしろう》に金治を預け、しばらくの間、小者を使わずにいた。

市中見廻りといっても、棒手振りや床店、商家を巡るだけであるし、ひとりは気楽でもあった。

それでも、

「多少の不便はございましょう」

と、知り合いの息子だという庄太を勘兵衛から引き合わされたのだ。

以降、市中の見廻りは常に庄太を連れて歩くようになった。雇い主は勘兵衛なので賃金はかからない。そのうえ見た目のぼんやりさとは裏腹に金勘定《かんじょう》が得意なので大助かりしている。掌《てのひら》を指で弾《はじ》き、あっという間に答えを導き出すのだ。

ただし、見廻り前やその途中、腹になにか入れないと文句を垂《た》れるのが面倒だった。

「でも中身は飯じゃありませんでしたよ、ね、多代ちゃん」

「はい」

「なにが入ってたんだ」

「おからです。それがまた甘い出汁《だし》をしっとり含んでいい味でした。飯よりさっぱりと食べられる。しかも真ん中に甘酢につけた刻み生姜《しょうが》がちょっと入ってまして、これがまたぴりっと効いて、嚙んでいるうち酸味と甘味が溶け合うんですよ。ああ、美味《おい》しかった」

神人は胸のつかえも忘れ、ごくりと喉を鳴らした。食べられなかったぶん、よけいに悔しさが込み上げてきた。

「ま、旦那は柿で我慢してくだせえ。それで、あの稲荷鮓はどこでお求めになったんで」

「両国橋の西詰に出ている例の狐面だ」

神人が拗《す》ねたような口調でいうと、多代の顔から血の気が引いて、

「伯父上、その店はまことの狐が商っていると、おふくさんから訊いたのですが」

怖々訊《たず》ねてきた。

「いや、狐の面を被っていただけだから安心しな。稲荷鮓だって葉っぱに変わってなかったろう。まったくおふくもいい加減なことをいいやがる。あーあ、たぬき面が狐を喰ったか、しゃれにもならねえ」

神人は味噌《みそ》汁椀《しるわん》に飯を入れ、自棄《やけ》になってかき込んだ。

「でもどうしてお揚げ豆腐《どうふ》の鮓を稲荷鮓というのですか？」

それはですねと、庄太が鼻をうごめかした。

「天保の半ばに国中がひどい飢饉《ききん》に見舞われたんです。多代ちゃんが生まれる少し前のことですね。あんときは辛かった」

庄太の声に妙に実感がこもっていた。ちょうど十ばかりの食べ盛りのころだったのだろうと、神人は含み笑いを洩らした。

「で、次郎右衛門《じろうえもん》という者が、出汁で煮た油揚げの一方を裂き、袋状にして米飯の代わりにおからを詰めた鮓を石町十軒店《こくちょうじっけんだな》で売り出したのが初めだったんですよ」

珍しいのとひもじさと、なにより安価なのが話題になって飛ぶように売れ、我も我もと屋台の数も瞬《また》く間に増えた。

多代は庄太の顔を真剣に見つめている。

「狐さまに油揚げをお供えするのは知っていますよね」

「はい。好物なのですよね」

「なので、狐といえば稲荷神のお使いだから稲荷鮓。あとは、信太《しのだ》の森の狐伝説と結びつけられて信太（篠田）鮓とも呼ばれているでしょ。ね、旦那」

「うむそうだ。わかったか、多代」

神人も庄太の説明に聞き入っていたが、あわてて頷《うなず》いた。

「かたじけのうございました、庄太さん」

多代が指をついて、頭を下げた。

「照れちゃいますから、やめてください」

その後、老中の水野越前守忠邦による厳しい改革のおりにも、高価な握り鮓の陰で安価な鮓として、すっかり江戸の町に定着した。

昼商いより、稲荷鮓屋は陽が落ちてからの商売だ。番屋や辻番、夜廻りの者、ちょいと小腹が空いたとき、夜食に一口で頬張れる手軽さも重宝がられていた。

「いまでは、干瓢《かんぴょう》やきのこなどを混ぜた飯を詰めるようになりましたから、おからは珍しいかもしれません。飯の稲荷鮓より安かったのではないですか、旦那」

「ひとつ三文だ」

「それはまた安い」

「しかも十買うと九つ分の値段になる。値を上げるより、多く売って儲けるといっていた」

「なるほど、薄利多売ですね」

庄太が頷き、眉を寄せ小難しい顔をして宙を仰ぐ。

「油揚げが五文、醬油《しょうゆ》が一石《こく》で九十四匁《もんめ》……砂糖、鰹節《かつおぶし》にみりん……」

ぶつぶつ呟きながら掌の上で指を動かす。庄太のいつもの癖が出る。容易《たやす》い勘定でも少々込みいったものでも、そらではじき出す。

人にはそれぞれ得手というものがあるものだと、神人はいつも感心している。

庄太がため息を吐《つ》いた。

「相当な数を売らなきゃなりませんね。二百売っても六百文。油揚げ代五百文を引いて、さらに出汁の材料を引くと、儲けはせいぜい六十から七十文あればいいところで」

「それじゃ、夜通しやってもたいした商いにはならねえな」

神人は腕を組んだ。

「数が出れば、ひとつあたりに対して醬油やらの費《つい》えが下がるんですが。できれば五百は売りたいです」

そりゃあ難儀だと神人が唸る。

あっといきなり庄太が手を打った。

「そうだ、醤油で思い出しました。勘兵衛さんから伝言です。横山町の味噌《みそ》醤油問屋川津屋《かわつや》の主《あるじ》からの報せで、隠居した親父さんが廻り（外回り）の小間物屋からべらぼうな値で物を売られたそうです」

「なんだ。それを先にいいやがれ」

声を荒らげた瞬間、頭痛に襲われ神人は顔をしかめた。

三

庄太を連れ、すぐさま横山町三丁目にある川津屋へと出向いた。表通りに面した間口六、七間《けん》ほどの店へ足を踏み入れると、味噌と醤油の香りが鼻をついた。庄太が腹の虫を鳴らしたのを神人は横目で睨《にら》む。

小売もしているようで奉公人たちは客の応対に追われ、神人たちに見向きもしない。

ようやく気づいた番頭に呼ばれ、あたふたと出て来た川津屋の主に母屋《おもや》へと促された。店内に八丁堀がいては外聞が悪いらしい。なにやら癪《しゃく》に触ったので、あらましだけいってくれと、神人は一段高くなった帳場に上がり込み、どかりと腰を下ろした。

主は軽く息を洩《も》らし、あたりをはばかるように声を落とす。

「身内のことなのでお恥ずかしいですが、親父は昔、芸者を囲っていた家を隠居所にしておりましてね。なにもしちゃいないのにこの頃、金遣いが荒くて困っていたのです」

苦々しい顔でいった。

「そうしたら、まだ十七ほどの女に入れあげていると教えてくださった方がいらしたんです。それで親父も認めたんですが」

もう七十ですよ。孫みたいな女です。こんなことが世間に知れたらみっともなくてしかたがないと、幾度も首を振った。

神人は口許を曲げて、色白の主へいい放った。

「諸色調に用はねえな。そんなことは親子で勝手に話し合ってくれ。それともなんだ、妾相場《めかけ》でも教えろというのかい？」

「あ、いえ、そうではありません」

神人の物言いに主は顔色を変え頭を下げた。

「じつはその女が小間物商いをしているんです。これを見てくださいまし」

主が帳場の引き出しから櫛《くし》を取り出した。

「いろんな物を買い上げてやっていたようですが、これが十両だというのです」

「これは……鼈甲《べっこう》、か」

櫛を手にした神人は唸った。正直、鼈甲がどれほどの価値があるものかまったく見当がつかない。庄太がちょいと失礼というや、櫛を陽にかざし、慎重に指で撫《な》ぜる。鼻づらに近づけ臭いをかぎ、両手で挟み温めた。

庄太が眼を見開く。

「旦那。真の鼈甲じゃなさそうです」

「なに」

「ここんところにわずかだが繋《つな》ぎ目があります。これは馬の爪にうすく鼈甲を張ったもんです。たとえ本鼈甲でも十両なんてのはべらぼうすぎる値段ですが、似たり（贋《にせ》）の物ならせいぜい一両がいいところです。しかも新品じゃありませんよ」

庄太がぽっちゃりした頬を引き締め真顔でいった。

主はやはりと呟き、

「だいたい男に櫛なぞ売りますか。騙《だま》したんですよ、年寄りだと思って」

憤《いきどお》りを隠さず、声を震わせた。

「それでも一両はするのか……。で、主。隠居はなんていってるんだ」

神人の言葉に、一瞬、川津屋が戸惑った顔をした。

「べつになにも。十両出しては悪いかと開き直ってます」

「そうか。じゃあ、その女はどこの者だ」

主が困ったふうに肩をすくませた。

「それが……廻りの小間物屋なので住まいも、いつ親父のところへ来ているのかもわかりません。親父もそれ以来、口をつぐんでいるものですから、こちらも手を焼いているような次第で」

「ともかくその親父の隠居所を教えてくれ」

米沢町《よねざわちょう》のと、主が口を開きかけたとき、手代《てだい》が青い顔をして飛んで来た。

「大旦那さまが」

「なんだい騒々しい。親父がどうした」

「お亡くなりになりました」

主は白い顔を青に変えて、絶句した。

時の鐘が九ツ（午後零時）を報せていた。


川津屋の隠居は薬研堀《やげんぼり》と通りを挟んだ向かい側、米沢町三丁目に住んでいた。両国橋は目と鼻の先だ。

神人が隠居の住まいに着いたとき、すでに牧《まき》という定町廻りが調べを終えたあとで、小者らしき男がひとり留守を守っていた。

初めて見る顔の小者へ神人が名乗るや、

「牧の旦那の了解は取っていなさるので？」

眼をすがめて訊ねてきた。神人が首を振ると、

「諸色調掛さまに用事はございませんや」

口許に嘲笑《ちょうしょう》を浮かべた。自分は辰吉《たつきち》という名で定町廻りの牧さまの小者だと、わざわざ定町廻りを強めていった。

定町廻りの牧は今年、南町から北町に移って来た男だ。鳥居の下で強引な探索をし、幾人もの者を牢送りにしてきたという噂があった。どういう経緯《いきさつ》で異動が行なわれたのかはわからないが、北町からいまは南町奉行となった遠山奉行に疎まれた

のではないかといわれている。北町で老齢の者が数名退所したことで、うまく潜《もぐ》り込んだと囁《ささや》かれている。

隠居は、厠《かわや》から出たすぐの廊下で前頭部から血を流し、うつ伏せに倒れていた。寝巻き姿であったことと血の乾き具合から、夜から朝にかけて起きたことだとされ、近くに割れた手水鉢《ちょうずばち》があり、転んだ拍子《ひょうし》に頭を打ち付け、運悪くそのまま逝《い》ってしまったというのが検視の結果だった。

物盗りや殺しではなく不慮の災難となった。

最初に隠居を見つけたのは川津屋で女中奉公をしている年増女だった。中食《ちゅうじき》の用意をしに訪れ異変を知ったのだ。まだ家の中に留め置かれ、身体を震わせている。

辰吉という小者はおっつけ駆けつけた川津屋の主へそれだけ告げると、あとは弔《とむら》いの準備をするしかねえなと気の毒げにいった。川津屋は辰吉へ深々と頭を下げている。

庄太は、死人を見たくないといって座敷から怖々《こわごわ》廊下を覗いている。神人が亡骸《なきがら》へ被せられていたこもを剥《は》いだとき、

「勝手に触れねえでくだせえ」

辰吉の鋭い声が飛んだ。

こもを掛け直しながら、改革が終わったのだからもう諸色調掛は役立たずだの、いらぬ役だのと嫌味を並べ立てた。

「不慮の死だと断定したのは誰だ」

「見りゃあ素人《しろうと》だってわかる。夕餉の膳にあった大根の煮物も残さず喰って、寝巻きにも着替えてる。誰も押し入った形跡はねえ。さあもう骸《むくろ》を川津屋へ返してやるんですから」

神人は半ば追い立てられるように隠居の家を出された。腕を組み、薬研堀沿いを広小路へ向かって歩く。

「それにしてもあの小者、こもを捲《まく》り上げたくらいであの怒鳴り声はないでしょう」

温和な庄太が珍しく膨《ふく》れっ面《つら》をしていた。

「まるで屑《くず》でも見るように旦那を睨んでましたよ」

「あのなぁ、屑はひどすぎないか」

思いも寄らぬ庄太の剣幕に、神人は眼をしばたたいた。

「まあでも、おれたちの出る幕はねえ」

「だめですよ、旦那。若い女の小間物屋が出入りしていたのはたしかなんです。それに似たりを鼈甲だと偽るのはお定めに触れます」

「鼈甲の真贋《しんがん》を見抜くのは容易じゃない。その女とて、どこかで仕入れた物を似たり物と知らずに売ったと考えられないか？」

　庄太が首を振った。

「それはないですよ。だって仕入れ値が違います。だいたい廻りの小間物屋が高価な鼈甲なんぞ扱いません。初めから騙す気だったんです」

「なるほど、やはりそうなるか……ふむ」

「なんだか気のない返事ですねぇ」

　神人は薬研堀の水面《みなも》に眼を向ける。

「あのな、べつに隠居はそれでよかったんじゃねえかと思うんだよ。怒っていたのは息子の川津屋ひとりだ。それは金が惜《お》しかっただけのことだろうさ。たぶん隠居は櫛に十両出したんじゃねえと思うんだよな」

「隠居が若い女に惚《ほ》れたってことですか」

「それならそれでいいじゃねえか。七十と十七だって男と女だ。なるようにしかならねえ」

庄太が丸い眼を見開いて呆れ顔をする。

「またそれですか。旦那の十八番《おはこ》が出たら、それでおしまいだ」

「いや、そうでもねえ。似たりの櫛を作るのも売るのも、べつに悪行《あくぎょう》じゃない。だが、正しい値で売らないと、悪行になっちまう。それは止めないとな」

神人は軽く空を見上げた。胸のつかえと頭痛が知らぬうちに抜けている。

「なんだか腹を立てたら、腹が空きました」

庄太が眉尻を情けないほど下げた。

薬研堀を過ぎるとすぐに視界が開け、両国広小路となる。右手は両国橋だ。橋を行き交う多くの人々が見える。広小路にも、かつての賑わいがすっかり戻ってきた。娘たちは華やかな衣装をまとい、棒手振《ぼてふ》りは売り声を張り上げながら通り過ぎる。

昼日中から宴席を開いているのか、どこぞの料理屋の二階からは音曲《おんぎょく》が洩れ聞こえてくる。

小屋掛け芝居や見世物小屋、矢場《やば》などがぎっしりと建ち並び、緋毛氈《ひもうせん》を敷き軽業《かるわざ》を見せる芸人やら手妻師《てづまし》の周りには、大人も子どもも群がって歓声を上げている。

江戸の町に設けられている広小路は火事の延焼を防ぐための火除《ひよ》け地であるた

め、すぐに撤去できる床店での営業が許可されていたが、まんじゅう売り、田楽《でんがく》売り、膏薬《こうやく》売り、古着屋など数知れない。美しく飾った若い茶店女はよしずを巡らせた店へ懸命に客を呼び込んでいる。

神人は笛屋の前で足を止めた。子どもに囲まれた若い男が笛で鶯《うぐいす》の鳴き声を真似ていた。

「多代ちゃんにですか」

「まあな」

神人はひとつ購《あがな》い、懐へ入れ、ちらりと後ろを窺《うかが》った。

「どうかしましたか?」

庄太が首を傾《かし》げつつ、振り返る。

「なんでもねえ。ちょいとそこの店で汁粉でも喰うか」

神人が肩を叩くと、

「ありがてえ。もう腹と背がくっつきそうでしたよぉ」

庄太が泣き笑いの表情をして、鼻をひくつかせた。

腰掛へ座ると、庄太は汁粉を手にすぐさま白玉を嬉《うれ》しそうに頬張った。

「さて、似たりの櫛を売った女をどう捜すかだ。隠居のことも気になるが―

「あれは災難だと決まったんですよ。でも隠居が亡くなったんじゃ、川津屋も櫛など、どうでもいいかもしれませんね」

庄太はあっという間に平らげると、手拭いに挟んだ櫛を取り出した。

「手始めにその櫛の出所を探るか」

「勘弁してください。江戸に小間物屋がいくつあると思っているんですか。腹が減って倒れちまいますよ」

庄太が口許をあからさまに歪《ゆが》めた。神人はその様子に含み笑いを洩らしつつ、

「なんて、な。たぶんそんな骨折りは無用だぜ。あっちからやって来た」

えっ、と庄太が顔を上げたとき、

「……あの、旦那」

その声に神人は首を回した。

隠居の亡骸を最初に見つけた川津屋の年増女中が不安げな顔つきで立っていた。

四

場を店内の奥に移すと、川津屋の女中は怯《おび》えたそぶりで話を始めた。じつは自分

が隠居の世話をすべてまかせられていたというのだ。

「あたし、大旦那さんから小間物屋のおもとちゃんのことは黙っているように口止め料をもらっていたんです。いまの旦那さんは銭金にしわいからなんですけど。だから夕餉と翌朝の朝餉の準備をするふりをして川津屋を出て、一刻《いっとき》ほど遊んでから、お店へ戻ってたんです」

「じゃあその、おもとって小間物屋は隠居の通い妾だっていうのか」

女中はそのときだけ含むような笑みを浮かべた。

「ほんとのところはどうだか知りませんよ。だけど大旦那さまはあんなことになっちまうし、だいたい辰吉が櫛のことを旦那に告げ口しなけりゃ……」

「隠居の家にいた小者を知ってるのか」

女中はこくりと頷いた。

「もともとは、このあたりの武家屋敷の渡り中間《ちゅうげん》で評判の悪い男です。酒に博打に喧嘩。武家奉公の娘にちょっかいを出して追い出されたことなんて幾度もありました。それが定町廻りの旦那の小者になってたんで、目の玉が飛び出しそうになりましたよ」

神人が定町廻りをしていたころに辰吉という名は聞いたことがなかった。武家屋敷のことは内々で収めてしまうこともあるためかもしれないが、小悪党はどこからでも湧いて出てくるものだと憮然《ぶぜん》とした。

女中はちょっといいよどみ、

「小間物屋のおもとちゃん、器量がいいから辰吉にいい寄られてたみたいなんです。年寄りのひとり暮らしは物騒だからっておためごかしいって、隠居のところにもしょっちゅう来てましたから」

あたりを忙《せわ》しなく見回しながらいった。

「で、お前さんはなぜおれたちにそのことを報せる気になったんだ？　わざわざ跡をつけてまで」

「だって、櫛のことでおもとちゃんがお調べを受けたら、あたしが大旦那さんの世話をしてないことがバレちゃうじゃないですか。川津屋を追い出されちまいます。だからなんとかしてください、旦那。諸色調掛は、定町廻りの旦那と違ってお優しいんじゃないかって、すがるような思いで来たんです」

年増の女中は、わっとその場で泣き出した。周囲の客の眼が神人に注《そそ》がれる。とんだ愁嘆場《しゅうたんば》だと、神人は鬢《びん》を掻《か》いた。

川津屋に頼み、再び隠居の家へ入れてもらった。隠居の亡骸はすでに店のほうへ運ばれていた。

そろそろ夕七ツ（午後四時頃）になろうかという頃だった。

「本当に来るんですかね。小間物屋」

庄太が不安げな顔をしながら、広小路の床店で購った田楽豆腐を頰張っている。

「大丈夫さ。あの女中の話じゃ、気立てのいい真面目《まじめ》な娘だっていうじゃねえか。でなけりゃ毎日、隠居のために夕飯の支度なんざしに来ねえ」

神人は隠居が倒れていた廊下をじっくり眺めながらいった。

「どうしたんです、旦那」

「いや、気になったことがあってな。倒れていた隠居の右の掌に血がついてたんだ。あきらかに傷口を押さえた感じでな」

「けど頭を打ち付けたときに触ったんじゃないですか」

「なら右手は頭の傍《そば》にあってもいいはずだ。そうじゃなく身体に沿うように伸ばされて、掌が上を向いていた。庄太、寝転んでみな。頭を触ってから、伸ばしてみろ」

つまり隠居は、直立したまま倒れこんだというふうになる。庄太はうつ伏せに寝ると、掌を上に返した。

「うわっ。これはきついですよ」

　庄太がじたばたと苦しげにわめいた。陸に揚げられたフグのようで、神人は軽く笑った。

「あまりにも不自然な格好だったんだよ。倒れてから、誰かが動かさなきゃ、ああはならねえ」

「なんだか定町廻りみたいですよ」

　起き上がりながら庄太がいった。

「あたり前だ。元は定町で隠密だ」

「で、いまは諸色調掛、と。忙しいですね」

　庄太の軽口には応《こた》えず、神人はさらに厠を見回し、扉を眺め、なにげなく柱に触れた。一箇所だけ指に違和感があった。ざらざらとした嫌な感触だ。柱の表面は黒茶に近い色に染められているが、そこ以外はよく磨き込まれている。神人は、そのざらざらをこそげ落とし、指先を眺めた。

　乾ききった血のようだ。

「どうしたんです、旦那。手に小豆《あずき》でもついてましたか」

　神人は口をへの字に曲げた。

「……そんな甘いもんじゃねえ、隠居は殺《あや》められたんだよ」

えっと庄太が震え上がった。

「柱に血がついていやがる。隠居は厠から出たところを殴られたんだ。頭を押さえたが、くずおれそうになったんでとっさに柱を摑《つか》んだんだろう」

「じゃ、じゃ、小間物屋の女が」

「だとしたらここにはもう来ねえ、な」

神人が口許を歪め、首を振ったとき、

「ご隠居さま、もとです。すぐ夕餉の支度をしますね。食べたいとおっしゃってたお魚の煮付けもすぐ作りますから。それと青菜とお豆腐と」

裏口の土間から明るい声が聞こえて来た。神人は動かず居間に座ったままでいた。

「なんで出て行かないんです？」

「隠居が死んだのを知らないなら、いつものようにするはずだ」

「あ、そうか」

庄太があわてて口を押さえた。

ご隠居さまと、呼びかける声が近づいて来る。居間の障子がからりと開いた。

おもとが眼を見開いて立ちすくむ。

黒羽織の八丁堀と小太りの男がいれば驚くのは当然だろう。

「いきなり悪かったな。おれは北町の諸色調掛の者だ。小間物屋のおもとはおめえだな」

「あの、ご隠居さま、は」

おもとは神人へ訝《いぶか》しげな視線を向けた。

神人が隠居の死を告げると、おもとは放心したようにその場に座り込み、

「なんで急に……。昨日だってあんなにお元気だったのに」

声を震わせた。神人はおもとを半眼《はんがん》に見つめた。

「それはそれとして、この櫛のことでおめえに訊きてえことがあるんだ」

神人は鼈甲の櫛を取り出した。

おもとの顔が強張《こわば》る。

「それは……あたしの母の形見です」

「形見？」

庄太が素《す》っ頓狂《とんきょう》な声を出した。

「――ひと月半ほど前です。ここにお寄りしたのは偶然で、懐紙《かいし》を買い上げていた

だいたのが初めてでした」

おもとは背を正し、ぽつりぽつり話し出した。

それ以降、隠居の入り用なものをおもとが訊ね、買って届けるというようなかかわりになり、つい自分の身の上を話したのがいけなかったのだと、声を詰まらせた。

「お父っつぁんは豆腐屋だったんですけど、人に騙されて借金抱えて店も取られちまったんです。他の仕事は続かないし、家にも帰らないでお酒と博打。たまに長屋に戻ればおっ母さんに銭をせびって。ないといえば怒鳴りつけ、殴りつけ……」

そのときのことを思い出しているのか、おもとの顔が次第に険《けわ》しく、声も荒くなってきた。

「でも、去年の夏近くです。大きな仕事が舞い込んだって変に有頂天《うちょうてん》になって、それからふっつりいなくなりました」

「いなくなった?」

おもとはこくりと頷いた。

「ほんとうにふっつりです。いまは生きているのか死んでいるのかもわかりません。お父っつぁんは、きっと意気地《いくじ》のない弱い人だったんです。だからおっ母さんに甘えて、苦しめて……いなくなって清々《せいせい》しました」

　これでやっとまともな暮らしができると心の底から思ったと、おもとは強い瞳でいった。

「それなのにおっ母さんはそんなお父っつぁんを待ってたんです」

　騙されたのは人がいいからで、お父っつぁんも苦しかった、少し回り道してるだけだと。だから恨まないでほしいと、いまわの際にいったのだという。

「初めて贈られた品だからと贋鼈甲の櫛を後生大事《ごしょうだいじ》に髪に挿《さ》して死んで行きました」

「それが、この櫛か……」

「恨むなっていうほうが無理じゃありませんか？　おっ母さんの病《やまい》だって仕事の無理が祟《たた》ったからです。風邪《かぜ》をこじらせて、ほんのふた月前に死んだんです」

　庄太がぐすっと洟《はな》をすすり上げた。

「いまはあたしと十になる弟とふたり暮らしです。おっ母さんが小間物売りだったので、そのままあたしが引き継いだんです」

　母の得意先もあり、次第に客も増えた。だが、母親の薬袋料《やくたいりょう》が溜《た》まっており、暮らしはかつかつだった。

「ああ、ちょっとでもまとまったお金ができたらって、あたしがこぼしたんです」

するとご隠居がおもとの髪に挿してあった櫛を売ってくれといったのだという。

「おっ母さんの形見でしたけど、お父っつぁんのことを思い出すのも嫌だったし、これで借金がきれいにできると思ったんです。やっと親らしいことしてくれたって」

「それで鼈甲だと偽《いつわ》って十両といったのか」

神人はおもとを厳しく見つめた。

おもとがきっと神人を見返す。

「あたしは似たり物だと知っていました。それをご隠居さまにもちゃんと申し上げました」

「じゃあ、どうしてです」

庄太が小さな眼をぱちくりさせた。

「ご隠居が本鼈甲だといって、譲らなかったんです。それで十両くださいました」

おもとは唇を嚙み締めた。

「これはまことのことです。でもなんだか騙したような気にもなりました。こんなに他の人からよくしてもらったこともなかったから……だって使い切れないほどの懐紙があるのに買ってくださるんです。どうしていいかもわからなくて、心苦しくて、せめてご飯の支度をさせてくださいとお頼みしたんです」

神人は苦い顔をして腕を組んだ。と、庄太が口を開いた。

「おもとさんは嘘はいっていないと思いますよ」

「わかってるよ。本鼈甲だといい張ったのも十両渡すための口実だろう。だけど隠居が殺められたとなれば、話はべつだ」

「ご隠居が殺められたってほんとうですか」

おもとが驚き顔で身を乗り出した。

「そうなると、おもと、おめえも下手人《げしゅにん》として疑われることになる」

神人は冷たくいった。

「そんな……あたしがどうして恩人のご隠居を殺めなければならないんです」

「いくらでも理由はあるだろうよ。まず贋鼈甲を十両で売ったいかさま女だ。妾暮らしが嫌になった。隠居の銭を盗もうとして見つかった。あるいは隠居に手込めにされかかった、とかな」

おもとは眼を見開いた。白い頬がみるみる赤くなる。

「恥知らずっ。よくもそんな作り話ができますね。だから御番所の人なんか大嫌い。いつもそうして人を疑ってばかり」

おもとが声を荒らげ、脚に載せたこぶしを強く握りしめた。

「ほう、前にも疑われるようなことがあったのかえ」

神人がおもとをじっと見つめた。おもとは視線をそらし、怒りを鎮《しず》めるように深く息を吐いた。

「芝居小屋が崩れたときです。縄を切ったのがお父っつぁんだと決めつけられて……どこかのお武家の下屋敷で開かれていた博打場に出入りしていたからだと。行《ゆく》方知《え》れずだといってても信じてくれませんでした。おっ母さんもあたしもなにをするにも跡をつけられて、それまで住んでた神田の長屋にいられなくなって本所《ほんじょ》に移ったんです」

あの芝居小屋の探索は南町奉行所だ。そういえば中年男の人相書きが回ってきていたが、それがおもとの父親なのだろう。

「だがな、吟味《ぎんみ》となったらもっとひどいこともいわれる。おめえが隠居殺しの下手人でないなら、その証《あかし》を立てなきゃならねえ。昨日、隠居のところから帰えったのは何刻《なんどき》だ」

「いつも同じです。夕七ツに来て、暮六ツ（午後六時頃）にはここを出ます」

　おもとは、強い口調で応えた。

「肝心《かんじん》の隠居がいねえから、その証も立たないってわけだ」

「神人の旦那、そこまでいっちゃ。おもとさんが可哀想だ。なにか思い出せること
はないんですか。帰りになにか買ったとか」

　庄太が取りなすように声を掛けると、おもとが小さく呟いた。

「狐の稲荷鮓……」

「両国橋に出てる稲荷鮓屋か？」

「はい。五つ買って帰りました。弟がお腹をすかしているだろうと思って」

「あすこの稲荷鮓はうまいのかい？」

「ご飯でなくおからだったので驚きました。うちは豆腐屋だったから、おからは飽
きるほどよくお膳に出てました。おっ母さんがうすく味付けして、ちょっと生姜を
入れるんです」

「あれ、狐の稲荷鮓屋と同じだぁ」

　庄太が叫んだとたん、それまで気丈に振舞っていたおもとが突然、ぽろぽろ涙を
落とし始めた。

「嫌いだったはずなのに、あんなにお父っつぁんを憎んでたはずなのに。あの味が

思い出させたんです。でも狐面のご亭主は、なにを訊いても答えてくれません。声を聞かせてもくれませんでした」

洟をすする音がする。

庄太だ。

よし、と神人は膝を叩いた。

「もう帰えんな。上得意の隠居がいなくなっちまったが、おめえならきっと大丈夫だ」

おもとは涙に濡れた頰を拭《ぬぐ》うと、赤い唇を嚙み締め、頭を下げた。

「お役人さま、ご隠居を殺めた下手人を必ず捕まえてください。お願いします」

「最後に訊くが、おめえが隠居の家を出るとき、夕餉は喰い終わってたかえ」

「いえ。昨日はまだ書物を読んでいらして」

「お菜はなんだ？」

「焼き魚と……大根の煮物です」

おもとはちょっと不思議そうな顔をして応えた。さっき隠居の亡骸の前で辰吉は、大根の煮物と、はっきりいった。おもとが帰ったあとに来た者でなければ知れぬことだ。

「わかった。あとは、なるようになるから心配するな。ところでおめえの親父の名はなんてえんだ」

おもとが視線を泳がせた。少し間をあけ小さな声で「弥蔵《やぞう》です」と応え、唇を噛みしめた。

「ふうん、そうかい」

神人は、おもとを見つめ、にこりと笑いかけた。

庄太が間が抜けた顔をして、眼をしばたたいた。


その夜、神人はひとり、両国橋の袂に出ている稲荷鮓屋に向かった。

「これは旦那」

「また十ほどくれねえか」

「すいやせん、生憎《あいにく》、作った分が売り切れちまいまして。いままた油揚げを煮ている最中なんでございますよ」

「まだ宵の口だぜ。おや、そこに五つ残ってるじゃねえか」

狐面が下を向く。

「あ、これはお求めになるお客さんがありまして。今日、買いにくるはずだったのですが」

「おもとなら、来ねえよ」

「え？」

面の下からくぐもった声が洩れた。

「通って飯の面倒を見ていた隠居が亡くなっちまったんでな。もう宿へ帰《け》えした」

「旦那……どうして」

神人は狐面をぐっと睨みつけ、懐に挟んだ紙を広げた。中年の男の顔が描かれた人相書きだ。

狐面が歪んで見えた。

「これはおめえだな。おめえの名は弥助じゃねえ、弥蔵だろう。芝居小屋を崩したって罪人だ」

と、弥蔵は狐面を投げ捨て、飛び退《しさ》った。懐から匕首《あいくち》を出し、刃を抜く。引き攣《つ》れた火傷の痕が弥蔵の必死さを映していた。

「あっしじゃねえ」

「そいつをしまえ」

神人は弥蔵を半眼に見つめ、前へ出る。

「捕まるわけにはいかねえんでさっ」

叫んだ弥蔵が刃を構え、身体ごと突進して来た。神人はなんなくかわすと、弥蔵の手首へ手刀を落とした。

うぐっと呻《うめ》いた弥蔵が膝を落とした。地面に転がった匕首を神人が拾い上げる。

「稲荷鮓屋がこんな物騒なものを持ってちゃいけねえよ」

弥蔵は打たれた右手首の痛みに顔をしかめながら、ぎりぎりと歯を喰いしばり、

「芝居小屋を崩すことが、ご政道のためだと聞かされ、しかも銭になると誘われたんでさ。暮らしを立て直すために、てめえの性根《しょうね》を入れ替えようと、あっしは焦ってた。無人の芝居小屋だからと承知したんだ……」

絞《しぼ》るような声でいった。

「と思いきや芝居の真っ最中だったのか」

死人のひとりやふたり出なければ町人どもはご政道などわからないといわれ、弥蔵は怖くなってその場から逃げた。

「縄を切ったのは南の定町廻りと辰吉っていう渡り中間とその仲間です。定町廻りは手柄が欲しくてそんなことをしたんでさ。自分が馬鹿だったのもわかってます。けど……江戸をふけて、戻って来たら罪人になってたんでさ。そのうえ女房まで死

んでた」

「それで、てめえの顔まで焼いて、面を被って、中間から辰吉と仲間の話を集めようとここに店を出したのか。こんなものを懐に呑んでどうするつもりだったんだ」

神人は匕首を手に厳しい声で質《ただ》した。

「妙なこと考えるならやめとくんだな」

「けど、悔しくてならねえ」

弥蔵は地面に手をつき、指を立てた。

「世の中はな、なるようにしかならねえ。それはてめえが起こしたことが、どんどん転がって行くってことなんだぜ。いいふうにも悪いふうにもな。おもとに会えたのも、おめえの作った稲荷鮓のおかげだ。おもとがな、泣きながらこういってたよ」

飢饉のとき、豆腐はみんなお客さんに売ってしまうから、おからばかり食べていました。でも幸せだったんです、お父っつぁんもおっ母さんもいつも笑っていて――上方では、おからのことを雪花菜と記して、きらずというんだそうです。切る必要がないからですって。うちはきらずだよって、お父っつぁんよくいってました。家族は切れない、雪花菜だと。

神人はおもとの言葉をそのまま伝えた。弥蔵がはっと顔を上げる。

「上方で、おからを雪花菜っていうのは、切らずに済むからなんだろ。なぜ、切らずにいいものを切ったのかは訊かねえが、おからを使ったのは偶然じゃねえはずだ。面で隠したつもりだろうが、おもとはちゃんと気づいているよ。おめえだってそうだろう」

「まさかおもとが買いに来るなんざ、考えてもいなかった。むろん合わせる顔なんざ、ありゃしません。面を被っていたって、いつ気づかれるか、罵《ののし》られるか、びくびくしてた」

神人は、弥蔵に近づくと鞘《さや》を取り上げ、匕首を納めた。

「おもとはさらにいってたよ。ここの稲荷鮓屋のおからは一番、幸せだった頃の味がするってな。味が思い出させるそうだ。妙な料簡《りようけん》起こして、またぞろそれをぶち壊す気か」

弥蔵へ向けて放り投げると、神人は背を向けた。

北町奉行鍋島直孝の命により、定町廻りの牧と小者の辰吉と、その仲間二名が捕らえられ、吟味が行なわれた。

自白により、芝居小屋崩落の手引きをしたのが牧、実行者は辰吉他二名ということが判明し、さらに辰吉は川津屋の隠居殺しの下手人であったこともわかった。

おもとを我が物にしようとしていた辰吉は隠居に意見されカッとなり、十手《じって》で頭を打ち叩いたのだ。おもとが弥蔵の娘だったと知らされて辰吉は愕然《がくせん》としたという。

弥蔵はすべてを申し述べたことでお構いなしとなった。

ひとつ三文の稲荷鮓は、安価で庶民に喜ばれているとお上から認められ褒賞《ほうしょう》を受けた。

横山町の諸色調掛名主勘兵衛からの推薦《すいせん》である。

いまは昼間に屋台を出し、腰掛も置き、子狐と娘狐が手伝っているのも話題となり、両国広小路の名物になった。

おかげで神人はいまだに狐の稲荷鮓を口にしていない。見廻り途中で寄ってみるが、いつも行列ができ、ようやく買えるかと思うと眼の前で売り切れる。

やはり物事はなるようになっているのだと神人は肩を落とし、狐面の下で輝くような笑みを浮かべているであろうおもとの顔を思った。

庚《こう》申《しん》待《まち》

麻宮好

一

勝手口から外へ出た拍子《ひょうし》に、作蔵《さくぞう》の鼻先を白い雪片《せっぺん》がふわりと舞った。

思わず顔を上げると、宵闇《よいやみ》の暗い空から真綿《まわた》をちぎったような雪が次々と落ちてくる。地面は既《すで》にまだらに染まっていた。

いつから降り出したのだろう。いや、おれはどれくらい、ここにいたのだろう、と作蔵は思った。

まあ、いい。とりあえず捜《さが》し物は見つかったのだ。それにしても、まさかこんな近くにあるとは思わなかった。作蔵は手の中のかんざしをそっと見る。赤い南天《なんてん》の実を模《も》した飾りがついた柘植《つげ》のかんざしは、作蔵が娘のおさとに作ったものだった。

降り始めて半刻《はんとき》（一時間）くらいは経っているのかもしれない。歩き出せば、薄く雪化粧を施《ほどこ》した地面に作蔵の下駄《げた》の跡がくっきりと印《しる》された。積もれば足跡は消えるだろうが、はて、春の牡丹雪《ぼたんゆき》はそこまで積もるだろうか。なあ、おさと、と声に出して呟《つぶや》くと、雪舞う冷たい夜気《やき》の中へ白い息が溶《と》けた。

「おお、作蔵さん。今、帰りかい」

裏長屋の木戸《きど》前で同じ長屋の店子《たなこ》、孫市《まごいち》に会った。髷《まげ》は霜《しも》を置いたように真っ白だが、実はまだ四十路《よそじ》半ば。手間大工《てまだいく》をしながら女房《にょうぼう》と一男一女を養ってきた。二人の子どもは既に所帯《しょたい》を持ち、恙無《つつがな》く暮らしているという。十六で嫁《か》した娘には二歳の女の子がいるそうで、孫は理屈なく可愛《かわい》いな、と近頃の孫市はしょっちゅう口にしている。

「ああ、一仕事終わったとこだ」

「こんな雪の日にご苦労なこった。竹屋《たけや》さんかえ」

竹屋というのは本所相生町《ほんじょあいおいちょう》にある、そこそこ大きな小間物屋《こまものや》だ。錺師《かざりし》の作蔵はかんざしや櫛《くし》をこしらえ、そこに品《しな》を納めていた。

「うむ、まあ」

曖昧《あいまい》に答えると、

「そのかんざしは弾《はじ》かれたもんかい」

孫市は作蔵の手にしたかんざしを目で指した。弾かれた、とは小間物屋に引き取ってもらえなかったもの、つまり不出来なものだ。滅多にあることではないが、たまにそういうものを近所の者に譲ることがあった。売り物にならぬものを持っていても仕方がないし、かと言って、作り直したとしても手間がかかる割にいいものになることは少ない。だったら、そのまま近所の人に使ってもらったほうがいい。だが、これは弾かれたものではない、と作蔵はかんざしを隠《かく》すようにしてきつく握《にぎ》り直した。

「すまねぇな。これは、おさとにこさえたもんなんだ」

作蔵が愛想笑《あいそわら》いをすると、孫市は酸《す》っぱいものでも飲まされたような顔になった。

「そうかい。そりゃ、悪《わり》ぃことを言っちまったな」

「いや、いいんだ」

愛想笑いを引っ込め、作蔵が首を横に振ると、

「これから、磯野屋《いそのや》へ行くんだが、作蔵さんもどうだい」

気まずさをつくろうように孫市は明るい声で話柄《わへい》を転じた。磯野屋というのは、昼は一膳飯屋《いちぜんめしや》、夜は居酒屋を営《いとな》んでいる店だ。安くて美味《うま》いし、店主もざっかけない人柄だから、気安く足を運べる店だ。

「磯野屋へ？　何しに行くんだい」

さっさと話を切り上げて家に帰りたいと思いつつも、心底に沈んだものを気取《けど》ら

れぬよう、作蔵は鷹揚《おうよう》をつくろって訊《たず》ねた。

「ほら、今日は庚申待《こうしんまち》だからさ。夜《よ》っぴて将棋《しょうぎ》でもしようって話になったんだ。かかあたちはかかあたちで、茶を飲みながらお喋《しゃべ》りするんだと」

そうだ。今日は庚申待だ。わかっていた。わかっていたが、どうにもできなかった。

「そうだったたな。けど、ちょいと疲れちまって。悪ぃが遠慮するよ。眠っちまったら眠っちまったでいいさ」

断りの言葉に無理に明るさをまとわせれば、かんざしを握る手に汗がにじんでいく。

「そうか。疲れてるんならしょうがねぇな。ま、若い頃に悪さばっかりしてきたおれと違って、作蔵さんは根っからの善人だからな。庚申の夜に眠っちまっても、寿命が縮まることはねぇだろうよ」

そいじゃな、と孫市は手を振り、作蔵と入れ替わるように長屋の木戸をくぐって雪の中を去っていった。滝縞《たきじま》の背を束《つか》の間《ま》見送ると、作蔵は裏長屋の路地《ろじ》に足を踏み入れた。

ここ入江町《いりえちょう》は相生町を竪川《たてかわ》沿いに東へ歩いた場所にある。その一角にある山茶花《さざんか》長屋が作蔵の住まいであった。山茶花長屋と呼ばれているのは、表店《おもてだな》のぐるりを山茶花の生垣《いけがき》に囲まれているからだが、花が散った後の掃除が大変だと女房《かかあ》連《れん》はぶつくさ言っているそうだ。だが、その生垣のお蔭《かげ》で人目につかなくて済んだのかもしれない。

庚申の宵《よい》とあって、長屋の路地もなんだかざわついている。六《む》ツ半（午後七時）にもなれば、平素は夕餉《ゆうげ》を済ませているところがほとんどで、始末屋の家なぞは灯油《ともしあぶら》がもったいないからと早々に床《とこ》を延べているくらいだ。ところが、今宵はこそこの部屋から灯《あか》りと共に笑い声が洩《も》れてくる。

――かかあたちはかかあたちで、茶を飲みながらお喋りするんだと。

孫市の言った通り、木戸から数えて二軒目の勝三《かつぞう》の家は既に賑《にぎ》やかだ。ぎゃはぎゃはと声を立てているのは孫市の女房のおとき。それを煽《あお》り立てるように喋りまくっているのは勝三の女房のおよしだろう。

行灯《あんどん》が明々《あかあか》と照り映《は》える障子戸《しょうじど》の前を足早に通り過ぎると、作蔵は十軒長屋のいっとう奥へと向かう。雪はますます激しくなり、下駄の黒い鼻緒《はなお》を白く染める。牡丹雪と侮《あなど》っていたが、この調子では案外に積もるかもしれない、と作蔵は思い直した。

部屋の前にたどり着いたときには藍木綿《あいもめん》の肩は雪で真っ白だった。空《あ》いているほうの手で雪を払うと作蔵は障子を開けた。

「今、帰《けえ》ったぞ」

雪のせいか、あるいは庚申の夜のせいか、部屋は平素と違って仄《ほの》かに明るいような気がした。

「遅くなって済まなかったな。ほら、かんざし。見つけてきたぞ」

作蔵は下駄を脱いで上がると、かんざしを娘の前に置いた。その拍子《ひょうし》に胴震《どうぶる》いする。春の雪は思ったより水を含んでいたらしく、藍木綿の袷《あわせ》だけでなく、中に着込んだ袖なしの綿入れまで濡《ぬ》らしているようだった。着替えるか、とかんざしに背を向け、柳行李《やなぎごうり》の前に屈《かが》む。

「うわぁ。おとっつぁん。よく見つけてきたねぇ」

おさとが嬉《うれ》しげな声を上げた。姿は見えなくても丸い頰《ほお》が上気《じょうき》しているのがわかる。八歳になって、死んだ女房にますますそっくりになった。涼《すず》やかに張った目元に雪のように白い肌。何より心優しさは女房から受け継いだものだった。

「濡れちまったから着替えるな」

冷え切った部屋に帯を解《と》くしゅっという音がやけに高く響いた。乾いた着物を身に着《つ》け、濡れた着物と綿入れは行李の上にふわりと掛けた。その拍子に微《かす》かだが鉄気《けかな》くさいようなにおいが鼻をかすめた。明日晴れたらつまみ洗いをして干さなくては、と思いながら行灯に火を入れる。その一方で、果たして己《おのれ》に明日は来るのだろうか、とぼんやりと考える。

部屋が明るくなると、冷え切っていた身までほんのりと温かくなった気がした。娘のかんざしは火影《ほかげ》を映じ、南天の実はいっそう赤々と輝いている。

「よかったな。見つかって」

「ごめんね、おとっつぁん。大事なものなのになくしちゃって」

おさとが泣きそうな声で言う。

「何言ってんだ。おめぇのせいじゃねぇ。悪いのは――」

作蔵は続きを呑《の》み込んだ。口にしたところで喪《うしな》ったものが戻るわけじゃない。

「それはそうと、おさと、今日は庚申待だ。知ってたか」

おさとにそれを話さなくてはならなかった。

「うん、知ってるよ」

お腹《なか》の中に三匹の虫がいるんでしょう、とおさとが屈託《くったく》のない声で返した。

「そうだ。虫のことを三尸《さんし》っていうんだ」

庚申の日は眠ってはいけないという。眠っている間に人の身のうちに棲《す》む三戸が這《は》い出し、天の神に罪を報《しら》せ、神は罰としてその人の寿命を縮めてしまう。だから、庚申の日は寝ないで夜が明けるのを待つのだ。大なり小なり、人は何らかの罪を身のうちに隠しているものだから。

「でも、おとっつぁんは善《い》い人だから、身のうちに罪なんて隠してないでしょう」

おさとが真面目《まじめ》な口調で言う。

「そんなことはないさ。おとっつぁんも三十三歳だからな。生きてる間にたくさんの罪を犯《おか》してきたさ」

「例《たと》えば？」

「小さい頃、おっかさんの巾着《きんちやく》袋からおあしをこっそり抜き取った。それで、団《だん》子《ご》を買ったんだ」

「団子は美味《おい》しかった？」

「いや、実はおとっつぁんは食わなかった」

「食べないのに、どうして買ったの」

「その団子は別の子に渡したかったのさ」

近所の長屋に住む子どもだった。長屋と言っても、作蔵が住む九尺二間《くしやくにけん》の住まいとは佇《たたず》まいを異にしており、建て付けの悪い障子戸は隙間《すきま》が空き、板葺《いたぶ》きの屋根は今にも崩れ落ちそうなほど傾《かし》いでいた。雨漏《あまも》りを防ぐためだろう、屋根のあちこちが茅《かや》や稲藁《いなわら》や麻布《あさぬの》などで覆《おお》われていた。

どうして建て直さないのか、と子ども心に不思議に思っていたが、どうやら店子たちが強硬に反対しているらしかった。おんぼろ長屋だったから店賃《たなちん》が格安だったのだ。九尺二間の長屋の店賃は五百文《もん》程度が相場であるが、そのおんぼろ長屋は百文とも百五十文とも言われていた。

当然のことながら、そこに住んでいるのはその日暮らしの者ばかり。朝に百文を借りて夕に百一文を返す「百一文」と呼ばれる日銭貸しから金を借り、それで品を仕入れて売り歩くような人々が寄り集まって住んでいた。

その中に垢《あか》じみた顔の兄弟がいた。兄は作蔵と同じ七つか八つで弟は五つくらい。作蔵たちが空き地で遊ぶのを、いつも物欲しげに眺《なが》めていた。

「おとっつぁんはな、その兄弟が妙に気になったんだ」

「どうして？」

「二人とも、綺麗《きれい》な目をしてたんだ。瘦《や》せていたし顔も汚れていたからだろうな、目だけが澄《す》んで輝いて見えた。そんな目をしている兄弟が何となく眩《まぶ》しかった」

でも、他の仲間たちは兄弟を嫌っていた。汚いし、におうからだ。だから、兄弟を見ると、さっさと遊び場を変えたり、ときには野良犬《のらいぬ》でも追い払うようにして「あっちへいけ」と罵言《ばげん》を浴びせたり、さらにひどいときには石を投げつけたりした。そんなとき、作蔵は何もできなかった。兄弟を遊びに誘うことはおろか、仲間の暴挙《ぼうきよ》を止めることすらできなかった。他の子たちが兄弟を傷つけるのをただ黙って見ていることしかできなかった。

「つらかった？」

「うん。つらかったな。上手《うま》く言えねぇけど、兄弟がいじめられると、何だか心がねじ切れそうになったな。おとっつぁんは石をぶつけなかったけど、もっとひどいものをぶつけているような心持ちになった」

「もっとひどいものってなあに？」

「何だろうな。見えないけど、もっと重くて尖《とが》ってるもんだ。それと同じものがおとっつぁんの胸にも、深くめり込んでくるような気がした。痛かったな。その痛みから逃《のが》れようとして、団子を兄弟に渡すことを思いついたんだ」

その日のことは今でもはっきり憶《おぼ》えているよ、と作蔵は角《かく》行灯に目を当てた。行灯の四角い窓の向こうでは灯心《とうしん》の火がちろちろと揺らめいている。蠢《うごめ》く火を見ているうち、半刻ほど前のことが思い出され、胸が悪くなった。

「で、その子たちは喜んでくれたの？」

おさとの声がすぐ近くで聞こえたような気がして、はっと我に返った。

「いや」と作蔵は首を横に振った。「少しも喜んでくれなかった。それどころか、その子たちは怒ったんだ」

その日、まだ温かい焼きたての団子を手に、作蔵は兄弟の住む長屋へと一人で出かけた。八月の十日過ぎ頃だったろうか。陽射しは強いが空は高く澄んでいて、どこからか甘い金木犀《きんもくせい》の香りが漂《ただよ》う、秋らしい気持ちのよい日だった。

だが、長屋の木戸をくぐるなり、世界がぐるりと一転した。その場所に、澄んだ秋の色はなかった。あるのは、家と呼ぶのが憚《はばか》られるような今にも朽《く》ち果てそうな小屋と、すえたようなにおい、それからどぶ板から漂ってくるにおいだけだった。それだけでここに来たことを悔《く》やんだが、胸に抱えた団子の温かさに励まされ、作蔵はその先へ歩を進めた。

幸い、兄弟をすぐ見つけることができた。部屋の前で屈んで何かをしている。近づいてみると、兄弟の前には大きな籠《かご》があり、その中には何羽もの雀《すずめ》がいた。囚《とら》われているからか、雀たちはいっそう小さく縮んで見えた。可哀相《かわいそう》に。何のためにこんなにたくさんの雀を捕《つか》まえているんだろう。作蔵が怪訝《けげん》に思っていると、気配《けはい》に気づいた兄のほうが、つと顔を上げた。その目の鋭《するど》さに気後《きおく》れしながらも、作蔵は団子の入った包みを黙って兄に差し出した。しょうゆの香ばしいにおいで、中身が何であるかはわかるはずだ。受け取ってくれればすぐにでもその場を去るつもりだった。だが、案に相違して兄は屈んだまま、包みに手を伸ばそうとはしなかった。それどころか、

——何のつもりだ。

鋭い目をして訊《き》いたのである。大人《おとな》のような物言いに作蔵はびくりとした。何より、そんな問いが返ってくるとは思わなかったから戸惑《とまど》ってしまった。喜ばずとも、黙って受け取ってくれるだろうと考えていたのだ。

散らかった頭の中から、作蔵が返す言葉を探していると、

——おれらは乞食《こじき》じゃねぇ。

差し出した包みは兄の汚れた手で叩《たた》き落とされた。ひしゃげた包みの口から団子が一本転がり落ちた。

行くぞ、と兄は弟を促《うなが》し、部屋に入り障子をぴしゃりと閉めた。薄汚れた障子の色までもが作蔵をきっぱりとはねつけているように思えた。作蔵は土にまみれた団

子を拾い、包みへ戻すとその場を急いで去った。

木戸を抜けると、目に鼻に耳に涼《すず》やかな秋が戻ってきた。だが、澄んだ青空も金木犀の香りも、さらさらとした風も作蔵を慰めることはない。

――おれらは乞食じゃねぇ。

投げつけられた言葉が耳奥で暴れ回っていた。路地に満ちていたどぶのにおいが鳩尾《みぞおち》の辺《あた》りでぐるぐると渦を巻いていた。籠の中で身を縮めていた雀の姿が眼裏《まなうら》から離れなかった。

苦しくて苦しくて、ついに作蔵は土手《どて》の草むらに団子を力いっぱい投げ捨てた。草むらの隙間で餌《えさ》を啄《ついば》んでいた雀が一斉に飛び立つのを見て、もうすぐ放生会《ほうじょうえ》なのだとようやく気づいたのだった。功徳《くどく》を積み、殺生《せっしょう》を戒《いまし》めるために亀や鳥を放す。その一方で、放すために売る雀を兄弟は捕《と》らえていたのだ。あの雀は、兄弟の糧《かて》だったのだ。

そう思えば、いっそう苦しくなって作蔵は川べりの道を家に向かって思い切り駆《か》け出していた。

「それが、おとっつぁんが犯した罪だ」

作蔵は大きく息を吐いた。

「でも、おとっつぁんはその兄弟のためを思って団子を買ったんでしょう」

　おさとが湿《しめ》った声で問う。

「違うんだ。おとっつぁんは自分が楽になりたかったんだ。兄弟をいじめる仲間を止められない苦しさから逃れたかった。人のためじゃなく自分のために団子を施そうとしたんだ。しかもおっかさんの金を盗んでだ」

　ひどいだろう、と作蔵は息苦しさをこらえながら言葉を継いだ。

　もう二十五年も前のことなのに、長屋に満ちていたどぶのにおいや、籠に入れられた雀の小さな姿、何よりも、投げつけられた言葉の響きが昨日のことのように蘇《よみがえ》る。ふとした拍子に思い出し、いつまでも心を苛《さいな》む。

　本当に重い罪とは、そういうものだ。

「なあ、おさと。このかんざしな、ふた月もほったらかしにされていたんだぜ。それこそ罪だよな。おめぇがいっとう大事にしてたもんなのにな」

　作蔵は畳《たたみ》に置かれたかんざしを手に取った。己の手の中にあったときには温かかったかんざしはすっかり冷え切っていた。

　耳を澄ますと、亭主の悪口に花を咲かせているのだろう、女房連の喋る声がここまで聞こえてきた。その楽しげな声の隙間を縫って、雪の降りつむ音が微かに耳朶《じだ》を打った。

「なあ、おさと。おとっつぁんは、今晩また罪を犯しちまった」

作蔵は雪の音を聞きながら呟くように言った。またぞろ、胸が悪くなる。手の内には鑿《のみ》を通して伝わってきた嫌な感触が未《いま》だに残っていた。

なあ、おさと。

娘の返事はない。代わりに遠くから女のけたたましい笑い声がした。

今日は庚申の夜。二十五年前の罪と、今日犯した罪。

我が身にひそむ三戸は、その両方を天上の神に告げるのだろうか。神はどちらの罪が重いと判じるのだろうか。

二

あ、雪だ。

菊川町《きくかわちょう》にある店《たな》を出た途端《とたん》、勇吉《ゆうきち》の眼前を白いものがふわりと舞った。空を見上げると水を吸った重たそうな雪が、真っ黒な闇の中をくるくると舞いながら落ちてくる。

「親分、あまり積もらなきゃいいですけどね」

　勇吉は前を歩く吾一《ごいち》親分に話しかけた。

「そうだな。ま、春の雪だ。すぐに雨になるだろうよ」

　吾一親分は淡々と言い、いかつい肩を揺すりながらずんずんと歩いていく。もう五十路《いそじ》を過ぎているというのにいつまでも元気なお人だ、と思いながら勇吉は白い雪の上に印された吾一親分の大きな足跡を踏むようについていく。

　勇吉は孤児だ。火事で両親《ふたおや》を亡くし、親戚の家で食わせてもらった後、大工の家に奉公《ほうこう》に入ったのだが、兄弟子《あにでし》たちにいじめられて店を飛び出した。行く当てもなく腹を空《す》かせてほっつき歩いているうち、飯のにおいにふらふらと誘われ、気づいたら丸子屋《まるこや》という一膳飯屋で飯を食っていた。飯はあったかくて美味かった。だから、夢中になってかき込んだ。だが、食い終わってはっと我に返ると懐《ふところ》には四文銭が二枚あるきりだった。どうしたものかと途方《とほう》にくれていると、行くところがないんならうちで働きな、と丸子屋のおかみさんが言ってくれたのだった。だが、働くというのは厨《くりや》仕事だけではなかった。丸子屋の主人は岡っ引《おかっぴ》きで、勇吉は飯屋の手伝いだけでなく、こうして探索《たんさく》の手伝いまですることになったのだ。

　それが二年前、十一歳のときのことである。丸子屋のおかみさんも吾一親分も勇吉にとっては恩人だ。だから、二人のためなら何だってやろうと思っている。

でも、今日だけは家にいたかった。

――今晩は庚申待だから、うどんを煮ようか。せりをてんぷらにして、麩《ふ》をあまじょっぱく煮付けて、卵を落として――

もうそれだけで勇吉のほっぺたは落っこちそうである。しかも、今日は子どもも夜更《よふ》かししていいのだ。熱々のうどんをふうふう言いながら食べて夜更かしするなんて、それだけで胸がほかほかとあったかくなって、幸せいっぱいになりそうじゃないか。

ところが、そんなほかほかの小さな夢はお預けになってしまった。

昨年の暮れから本所界隈《かいわい》でかどわかしが三件も続いているのだった。いずれも七つか八つの女の子が姿を消し、その後、河原《かわら》や草むらの中で亡骸《なきがら》になって見つかっている。恐らく科人《とがにん》は同じ人物だろうと踏んでいるのだが、なかなか尻尾《しっぽ》が摑《つか》めなかった。

科人は本所近辺に住んでいるのではないかと吾一親分は言うが、本所と言っても広い。しかも相手はどんな奴《やつ》で何を生業《なりわい》にしているのかもわからない。探索は行き詰《づ》まっていた。

そんななか、十日ほど前、回向院《えこういん》の裏で一人の少女がかどわかされそうになった。かどわかしの件は本所界隈に広まっていたし、その子は気丈《きじょう》だったから、男に声を掛けられてすぐに大声を上げたのだった。とっさのことだったし、夢中で逃げたので少女は男の顔を憶えていなかった。だが、家に戻ってからこう言ったそうだ。

――男の着物から変なにおいがしたの。

変なにおいとはどんなにおいか。

魚の腐《くさ》ったようなにおい。

獣《けもの》くさいにおい。

唐薬《とうやく》を煮詰めているようなにおい。

少女のたどたどしい言葉をつなぎ合わせると、膠《にかわ》のにおいではないかということになった。

膠とは魚の浮き袋や動物の皮や骨などを煮詰めて乾かしたものらしい。それを水で煮たのが膠水《にかわすい》で、絵を描いたり木工品を作ったりする際に使うそうだ。絵具《えのぐ》に混ぜれば、色艶《いろつや》がよくなり、にじまないという。

そうとわかってからの吾一親分の張り切りぶりは尋常《じんじょう》ではなかった。

絵師、絵具屋、筆屋、絵草紙屋《えぞうし》、本屋、工芸師とそれこそ膠のにおいがしそうな場所を片っ端から当たり始めたが、今のところすべて空振《からぶ》りに終わっている。

でも、ひとつだけ気になることがある。吾一親分が訪ねていく先々で、

——またですか。

相手がそう言うのである。どうやら、親分に先んじて探索している者がいるらしい。だが、お上《かみ》のお役目ではないようですよ、と店の者は言う。もしかしたら、素《す》性《じょう》を隠して嗅《か》ぎ回っている別の岡っ引きかもしれない、と吾一親分はぼやき、何だか先を越されているようで癪《しゃく》だな、と四角い顔をしかめてみせた。

そんなこんなで十日が経った今日。

——もっと小さい店を廻るか。

吾一親分はいきなりそう言い出した。

でも、庚申の夜だしさ。あったかいうどんもあるしさ。今日は子どもが起きてても怒られないしさ。何より、雪まで降ってきてるんだよ。

ねえ、親分。明日にしませんか。

喉元《のどもと》まで出掛かった言葉を空唾《からつば》と一緒に何遍《なんべん》も呑み込んで、勇吉はますます激しさを増す雪の中を歩いた。決めたらてこでも動かないのが我が親分なのだ。

なんでも長年岡っ引きをやってきた勘《かん》のようなものがあるらしく、いきなりぱっと閃《ひらめ》くんだそうだ。

――今晩は庚申待だから、うどんを煮ようか。

なぜか、おかみさんのその一言で、夜に入江町に行こうと思いついたという。

その閃きが当たってほしいようなほしくないような、妙な心持ちではある。

さて、そんなことを考えているうち、竪川を越え、北辻《きたつじ》橋を渡り、目当ての入江町に入ってしばらくすると、ようやく吾一親分の足が止まった。

「勇吉。ここだ」

真綿を薄く引きちぎったような、雪の帳《とばり》の向こうには六軒の表店が並んでいる。どの店も表戸は閉まっているが、庚申の夜とあって灯りは煌々《こうこう》とついている。手前の家からは酔っ払っているような男のだみ声が響いてきた。だが、六軒の一番奥だけが妙に暗くしんと静まり返っていた。

「親分。あの家だけ真っ暗ですね」

「あそこが、今から行く紅屋《べにや》だ」

主に絵具と筆を扱っているようで、聞くところによれば、店主自らも絵を描くらしい。

「けど、真っ暗ですよ。行っても空足《からあし》じゃ――」

「空足を恐れてたら、お役目は務まらねぇや」

吾一親分は勇吉の意見をねじ伏せ、いっとう奥の紅屋に向かって歩き出した。地面は既に真っ白である。歩き始めれば、雪駄《せった》の下で雪がきゅっと小さな声で鳴いた。

山茶花の生垣に沿って勝手口へと回る。まっさらな雪の上に足跡はなかった。

「雪が降ってからは人の出入りがないってことですかね」

勇吉が言うと、そうだろうな、と吾一親分は頷《うなず》いた。

戸を叩いたが、返ってきたのは湿った沈黙だけだ。入りやすぜ、と親分が戸を開けた途端、暗闇と一緒にいやなにおいが飛び出してきた。訪ねた中でも、これほどまでににおう家はなかった。親分の勘が当たったかもしれない、と思いながら、

「膠ですかね」

勇吉が問うと、吾一親分は黙って頷いた。三和土《たたき》には下駄が一足あるだけだった。ごめんくだせえ、と親分が声を掛けたがやはり返答はない。

「なんだか嫌な感じがするな」

上がってみよう、と吾一親分は雪駄を脱いで板間に上がった。端の家だから隣家

の灯りも届かず、部屋は冷たく暗かった。だが、すぐそこに角行灯と火打石《ひうちいし》があるのは見て取れる。

吾一親分は火打石を手に取り、行灯に火を点《つ》けた。蜜柑《みかん》色の火灯《ほあか》りが暗闇をみるみる呑み込んでいく。

勇吉はあっ、と声を上げそうになった。

存外に広い板間の隅に着流し姿の男がうつ伏せになって倒れていたのである。吾一親分が駆け寄って抱き起こしたが既に事切れていた。色白で端整《たんせい》なだけに、血の気《け》を失った死に顔は面《めん》のように見えた。

「首の後ろを一突きだな。殴《なぐ》られてから刺されたのかもしれねぇ」

親分の言う通り、うなじの真ん中に錐《きり》で刺したような穴があり、そこから流れた血で床は赤黒く濡れている。傷口の血は既に固まりかけていた。血のにおいと混ざり合ってはいるものの、男の着物からは膠のにおいがした。

「まだ、あったけぇから、さほどの刻《とき》は経ってねぇみてぇだ」

男の亡骸を元の場所に置くと、

「勇吉、二階に行ってみよう」

吾一親分が梯子段《はしごだん》のほうを目で指した。

「二階ですか。もしも科人がひそんでいたらどうするんです」

勇吉が尻込みすると、

「そんときはそんときだ」

吾一親分は低い声で言い、懐から十手《じって》を取り出した。岡っ引きは同心《どうしん》から手札《てふだ》を受けるが、十手までもらうわけではない。これは自前だ。だが、何十年も持っているる吾一親分の十手は黒光りして、親分を実に強そうに見せていた。実際、親分は腕っ節《ぷし》も強い。五十路を過ぎているというのに二の腕は勇吉の倍くらいの太さがある。丸太のような腕で器用に十手を使い、科人の首根っこを押さえるのを勇吉は何遍も見ていた。

「行灯の窓を開けて、梯子段の下から照らすように置きな」

吾一親分に言われる通りにすると、亡骸の辺りは薄暗くなったが、二階へと続く暗がりは仄かに明るくなった。

「いいか、行くぞ」

梯子段に足をかけると、みしりと音がして勇吉の心《しん》の臓《ぞう》が飛び跳《は》ねた。今、あの場所で死んでいた男が女の子をかどわかして殺した科人なんだろうか。では、あの男を殺した科人は誰なんだろう。たまたま入った物盗りなんだろうか。それとも――

うっ。くせぇ。

二階に上がると、思わず声を上げそうになった。獣のようなにおい。魚の腐ったようなにおい。そんなにおいがここには溜《た》まっている。暗闇の中だから余計ににおいを強く感じるのかもしれなかった。

暗さに慣れた目で見渡すと、短い廊下《ろうか》の先は襖《ふすま》をぶち抜いた広い座敷になっているようだった。

「人の気配はねぇな」

吾一親分がほっとしたように呟いた後、

「おい、勇吉。そこに行灯がある」

勇吉の足元を手で指した。薄闇の中で吾一親分の手が大きな蜉蝣《かげろう》のようにひらひらと動く。へえ、と勇吉は返事をし、行灯の傍《そば》にあった火打石で火を点ける。

灯りが座敷の闇を押しのけ、隅々まで行き渡ると、

「あっ！」

今度こそ勇吉は大声を上げていた。

灯りの中に浮かび上がったのは三枚の絵。木枠に厚手の紙を張ったものが壁に並

んで立てかけられていた。本屋で売っている錦絵《にしきえ》なんかよりずっと大きい。襖の半分くらいはあるだろうか。

描かれているのは小さい女の子ばかりだった。

白地に赤い椿《つばき》の着物を着て、恥ずかしそうに微笑《ほほえ》む少女。

夏の海のような青い着物に白い帯をきりりと締め、きっぱりと顎《あご》を反《そ》らしている少女。

弁慶縞《べんけいじま》に赤い帯を締め、俯《うつむ》き加減に手元を見ている少女。

いずれも七つか八つ。皆、髪にかんざしを挿《さ》している。

「親分――」

「うむ。かどわかされ、打ち捨てられた女の子だろうな」

打ち捨てられた、という言葉を強めると吾一親分は三枚の絵に近づいた。勇吉もそろそろと後に続く。

絵の前には実物のかんざしが置かれている。赤い椿の着物を着た少女の前にはちりかんと呼ばれる飾りのついた花のかんざし、青い着物の少女の前にはびいどろの玉がついたかんざしがひっそりとあった。

だが――

「親分。この子だけかんざしがありません」

　勇吉は三枚目の絵の前を見ながら言った。絵の少女はかんざしを挿しているのに、その絵の前にはかんざしがないのだ。そのせいだろうか、俯き加減の少女はひどく悲しそうに見える。

「鬼畜野郎《きちくやろう》の考《かんげ》ぇることはわからねぇが」吾一親分が唸《うな》るように言った。「かんざしは戦《いくさ》の分捕《ぶんど》り品のようなものかもしれねぇな」

　鬼畜野郎というのは、下で絶命している男のことだろう。あの男が少女をかどわかし、絵を描いた挙句《あげく》、殺《あや》めて捨てたのだ。その〝証《あかし》〟にかんざしだけを手元に残して。

「何てひでぇことを――」

　そこで勇吉は絶句し、両の拳《こぶし》を固く握り締めていた。そうしなければ、胸底から突き上げる怒りで叫びだしそうだった。

「鬼畜野郎の考ぇることは、おれにはわからねぇが」

　吾一親分は同じ言葉を繰り返した後、

「だが、この子たちの親の気持ちはよくわかる。わかるだけに」

　そこで言葉を切ると、四角い顋を反らした。その目には微かに光るものがあった。
吾一親分には娘がいる。既に嫁いでいるが、時折戻って一膳飯屋を手伝ってい
く。おかみさんに目元がよく似た明るい人だ。
勇吉だってわかる。まだ十三歳だし、もちろん子どもはいないけれど想像すれば
わかる。
勇吉は両親を火事で亡くしている。おっかさんは煙を吸い過ぎて逃げる途中で倒
れ、おとっつぁんは幼い勇吉の手を引いて逃げた。すまねぇ、すまねぇ、とおっか
さんに詫《わ》びながら勇吉の手を強く握り締め、炎をかいくぐった。
──いいか、この手を離すんじゃねぇぞ。
そう言って、必死で炎の中を駆けた。
だが、そんなおとっつぁんも、風と炎に煽られて飛んできた大きな看板の下敷き
になって倒れた。勇吉を庇《かば》ったのだ。なぜなら、おとっつぁんの手は勇吉を道の真
ん中に思い切り突き飛ばしたのだから。この手を離すなと言ったくせに、自ら勇吉
の手を離したのだから。
──おとっつぁん。おとっつぁん。
近づこうとする勇吉に対し、

——馬鹿野郎！

おとっつぁんは怒鳴った。大きな看板の下敷きになって苦しいはずなのに、熱くてたまらないはずなのに、大声で怒鳴った。優しいおとっつぁんだったから、怒鳴られたのはあれが最初で最後だった。

——逃げろ。勇吉。

それがおとっつぁんの最期の言葉だった。

何年も前のことなのに、昨日のことのように思い出せる。ごうごうと燃え盛る炎の色もその真っ赤な色が照り映えたおとっつぁんの顔も。くっきりと頭の中に刻《きざ》まれている。

そして、不思議なことだが、そのときのおとっつぁんはぼうっとした金色の光に縁取《ふちど》られていたのだ。だが、それが炎の色だったのか、それとも、勇吉が思い出しているうちにそんなふうに思い込んでしまったのかわからない。でも、そう見えたように憶えているのだ。

ともあれ、そんなおとっつぁんの姿を見たから、勇吉にも親の気持ちがわかる。まだ十三歳でも身を切られるほどによくわかる。

親というのは我が子が何より大切で可愛いものなんだと。

吾一親分が大きく息を吐いた。

「なあ、勇吉。この絵の前にだけかんざしがないってのは、そういうことなんだろうな。その気持ちがわかるだけに、難しいな」

いや、苦しいな、と吾一親分は三枚の絵の前に跪《ひざまず》くと、静かに手を合わせた。

三

部屋に戻ってきてからどれくらいの刻《とき》が経っただろう。いつの間にか雪の音が消えていた。

「なあ、おさと。表へ出てみないか」

作蔵はかんざしを握ると娘に声をかけた。

「あら、おとっつぁん。雪が降っているのに？」

おさとが訝《いぶか》り声で訊く。

「もうやんでるさ。ほら、雪の降る音がしないだろう」

作蔵は座ったまま耳に手を当ててみる。不思議だった。今まで雪の降る音なぞ聞いたことがないのに、今日だけは静かな音を耳がはっきりと捉《とら》えたのだった。風に葉がそよぐ音とも違う、せせらぎの音とも違う。強《し》いて言えば、赤ん坊の寝息に似ているような気がする。聞くのではなく感じる音なのかもしれない。すうすうと柔《やわ》らかな音は、この上なく愛《いと》おしい音だ。

「雪道を歩くのがいやだったら、おぶってやろうか」

作蔵が言うと、

「もう。赤ん坊じゃないんだからね」

おさとの声が少し尖《とが》る。

「じゃ、行ってみよう。今日は庚申の夜だ。きっと表は明るい」

言いながら作蔵は土間《どま》に下りる。下駄はまだ濡れて冷たいから、さほどの刻は経っていないのかもしれない。

障子戸を開けると、やはり雪はやんでいた。雲の切れ間から凍ったような月が覗《のぞ》き、積もった雪を皓々《こうこう》と照らしている。

「ほら、みろ。やんでただろう」

「本当だ。さすがはおとっつぁんね」

おさとが嬉しそうに笑った。その声で作蔵の胸も少しだけあったまる。

雪は家に戻ったときの作蔵の足跡をすっかり消している。綺麗《きれい》な雪だ。誰の足跡もついていない、穢《けが》れのない雪だ。その雪の上を作蔵は歩く。きゅっきゅっと小気《こき》味《み》よい音がする。

——おとっつぁん。雪の下に何かがいるよ。蛙《かえる》かな、小鳥かな。

いつだったか。雪が降った日に、おさとがそんなふうに言っていたのを思い出した。

「なあ、おさと。雪の下には何がいるんだろうな。蛙かな、小鳥かな」

作蔵は傍《かたわ》らの娘に語りかける。

「何を子どもみたいなことを言ってるの。雪の下に蛙や小鳥がいるはずないじゃないの」

おさとが呆《あき》れ声で返してくる。あれ、と思いつつ、そうかな、と作蔵は反論した。

「いるかもしれんぞ。もしかしたら、踏みつけられて、痛いって泣いているかもしれん」

真面目な口調をつくろって言うと、

「変なおとっつぁん」

おさとはくすくす笑った。

雪の下に何かがいるって言ってたのは、ほんの少し前のことのようなのに。子どもってのはすぐに大きくなっちまうもんだ、と思えば少しばかり寂しい。

「でもね。おとっつぁん」

おさとが神妙《しんみよう》な声になった。作蔵はその声を一言一句《いちごんいっく》聞き逃さぬように耳を傾ける。

「もしかしたら、雪の下にはたくさんの罪があるのかもね」

子どものくせに大人のようなことを言う。いや、今、ここにいるおさとは大人なのかもしれない。夢の中では子どもは幼くなったり、大人になったりするものだから。

「たくさんの罪？」

「そう。だって、今日は庚申の夜でしょう。さっきおとっつぁんが教えてくれたじゃないの」

眠っている間に人の身のうちに棲む三尸が這い出て、天の神に罪を報せてしまう。すると、天の神は罰としてその人の寿命を縮めてしまうのだ。だから、庚申の夜は寝ないで夜が明けるのを待つ。

「でも、世の中にはたくさんの人がいるもの。きっと辛抱《しんぼう》できずに寝てしまう人もいるわよね。朝が早い人だっているし。そういう人たちの罪が天にたくさん集まるんだと思うわ」

おさとは八歳とは思えぬ大人びた口調で先を続ける。

「でね、そのたくさんの罪が――」

「あら、作蔵さん」

木戸から二軒手前の勝三の家から出てきたのは女房のおよしだ。障子戸の向こうでは女たちのお喋りが続いている。傍らのおさとは貝のように口を噤《つぐ》んでしまった。

「ああ、およしさん」

作蔵が足を止めると、

「今からどこに行くんだい」

およしは切れ長の目を細めた。

「ああ、雪がやんだから」

ほら、と作蔵は空を見上げた。雲はまだ夜の空をゆったりと泳いでいるが、その隙間には銀色の星々が冴《さ》え冴《ざ》えと光っている。驚くほど明るい星は今にも降ってきそうだ。

「本当に綺麗な空。このまま晴れてくれればいいけどね」

およしは束の間、空を見上げた後、

「亭主らは磯野屋へ行ってるよ。今からでも行っておいでよ。まだ子《ね》の刻（午後十一時）前だもの」

丸顔をほころばせた。

「うん。そうするよ」

作蔵が素直に頷いてみせると、およしはどこかほっとしたような顔になった。

「つらいだろうけど、まだまだ若いんだからさ。何か困ったことがあったらいつでも言っておくれよ」

およしはにっこり笑って、じゃあね、と厠《かわや》のほうへ去っていった。

淡い灯りを映じた障子戸の向こうで、またぞろ、どっと笑いが起きた。作蔵は微笑み、おさとを伴い、再び歩き出す。

長屋の木戸を抜け、表通りに出ると、月はいっそう明るくなった。白々と光る雪の上にはまだ足跡がない。

「さて、どこへ行くかな」

作蔵が声に出して問いかけると、

「どこでもいいよ、おとっつぁんと一緒なら」

貝になっていたおさとの口がようやく開いた。

「そうか。まあ、今日は庚申待だ。夜が明けるまで歩くのもいいな」

作蔵は喉を鳴らし、竪川のほうへとゆっくりと歩き続ける。そのうちに、雪のやんだことに気づいた人々が表にぽつぽつと出てくるのが見えた。

やあ、雪がやんだね。

本当に。子どもたちが起きてたら喜んだだろうね。

そんな言葉を交わしつつ、数名の人影が明るい夜のそぞろ歩きを始めている。まっさらな雪の上に楽しげな足跡がついていく。

「おとっつぁん、綺麗ね」

「そうだな。綺麗な月だ」

藍色の空を見上げながらも足は止めない。冴え冴えと明るい月はどこまでも作蔵の後をついてくる。

そうして入江町を抜け、北辻橋を渡りかけたときだった。あわただしい足音が耳朶を打った。思わず振り向くと、花町《はなまち》のほうから駆けてくる数名の男の影が青い闇の中に浮かび上がって見えた。

いっとう大きな影は黒の巻き羽織《ばおり》に着流し姿の同心だ。その周囲には数名の男たちがいるが、一人は十二、三歳と思《おぼ》しき子どもの影だった。だが、男たちは作蔵のほうではなく、北辻橋の手前を左に折れて入江町のほうへ向かうようだった。

ほっと息をついて再び歩き始める。ふと誰かの視線を感じて思わず振り返ると、明るい闇の中で子どもが立ち止まってこちらを見ていた。一瞬、戻って子どもに話しかけたいような気持ちに駆られたが、結局、作蔵はそのまま橋を渡った。橋の東袂《たもと》でもう一度振り返ったが、雪道の上には大勢の乱れた足跡と、月明かりだけがぽっかりと残っていた。

四

何だろう。胸がざわざわする。

勇吉は胸の辺りをしきりに右手で押さえた。

——その気持ちがわかるだけに、難しいな。いや、苦しいな。

吾一親分はそう言ったが、紅屋の主人の亡骸を放っておくわけにはいくまい、と渋面《しぶつら》を刻んだ。そこで、勇吉は入江町の自身番《じしんばん》に行き、その後は吾一親分が手札をもらっている同心の岡林《おかばやし》様を呼びに、八丁堀《はっちょうぼり》まで駆けていった。

そして、紅屋に戻る途中で見かけた男のことが妙に気に掛かっているのだ。

勇吉に吾一親分のような閃きはない。でも、何だかあのときは妙な感じがあったのだ。閃きというより、心の臓をぎゅっと摑まれたみたいな息苦しい感じだった。

その苦しさに、よほど岡林様を呼び止めようかと思ったほどだ。だが、紅屋で勇吉の帰りを今か今かと待っている吾一親分の四角い顔が、それを思いとどまらせた。

でも、どうしてあの人を見て、あんなに息苦しさを感じたのだろう。

「勇吉、どうした？」

親分が耳元で囁《ささや》いた。

「いえ。何でもありません」

勇吉がかぶりを振ったとき、

「こりゃ、錐じゃねぇな。鑿《のみ》だな」

大きな身を屈め、亡骸を検《あらた》めていた岡林様が言った。

「鑿ですかい」

吾一親分が驚いたような声を上げた。傷口は小さな孔状《あなじょう》だったから、勇吉もてっきり錐かと思ったのだが。

「うむ。細い鑿だ。後は検使与力《けんしよりき》に任せるがな。まあ、細かいところに使うもんだろうな。大工はもちろんだが、指物師《さしものし》や錺師なんかも使う。だが、間抜けだな。そんなもので殺せば足がつくってわかりそうなもんだが」

「覚悟の上だったのかもしれません」

吾一親分が痛みをこらえるような面持《おもも》ちで言う。

「なるほど。ま、大体の当たりはついた」

岡林様が猪首《いくび》をひねり、梯子段のほうを見上げた。既にあの絵は確かめている。三枚の絵はいずれもかどわかされ、殺された少女のものだろうと岡林様も断じた。同心の頭の中には、少女の素性も発見されたときの格好もすべて入っているようだった。

一枚目は深川元町《ふかがわもとまち》の小間物屋、栗田屋《くりたや》の娘、おみつ。二枚目は相生町の味噌《みそ》屋、徳田《とくだ》屋の娘、お美代《みよ》。そして、三枚目は何と、すぐそこ。山茶花長屋の裏店《うらだな》に住む、錺師の作蔵の娘、おさとであった。いずれもいなくなった日のいでたちのまま描かれており、それぞれの絵の前には、かんざしが〝分捕り品〟のようにぽつんと置かれていた。

だが、おさとのかんざしだけがそこになかった。だから、なおのこと絵の中の南天の赤色が勇吉の目に焼きついている。

「気が進まねぇが、裏へ行くか」

後は頼むぞ、と岡林様は小者《こもの》に言い置いて、土間に下りた。

「勇吉、どうした？」

吾一親分が最前と同じ言葉を掛けた。

胸のざわざわはまだ治まらない。いや、むしろもっとざわついている。それだけじゃない。とくとくと高い音まで立てている。

さっき、親分は何と言っただろう。何だか大事なことを言ったような気がするのに、それが、胸のざわめきと結びつきそうで結びつかない。

「つれぇのはわかるが、しかたねぇ。行くぞ」

しかめっ面をした吾一親分は、大きな手で勇吉の背をぽんと叩いた。

裏店のいっとう奥の部屋はもぬけの殻《から》だった。

「逃げたか」

岡林様が呟くように言った。だが、勇吉の胸は相変わらずざわざわしている。やはりあの男が作蔵だったのではないかという気がしている。

「ですが、仕事道具は残ってますぜ。逃げるんなら持っていくんじゃねぇですか。それか、覚悟を決めたか――」

親分の言葉を聞いた途端、頭の奥を何かにこつんと衝《つ》かれた。

そうだ。覚悟だ。

「もしかしたら、あの人が作蔵さんだったかもしれません」

勇吉は吾一親分の腕にすがるようにして訴えていた。

「あの人ってのは誰のことだ」

吾一親分が困惑した面持ちで眉根《まゆね》を寄せる。落ち着かなきゃ、と勇吉は自らの胸に言い聞かせ、息を吸った。

「岡林様を迎えにいって戻る途中、職人らしい男を見たんです。北辻橋を渡っていました」

「何で、そいつが作蔵だってわかるんだ」

勇吉の言い分にすかさず岡林様が口を挟《はさ》んだ。

何でって、と言いさして勇吉は黙ってしまった。胸の中のざわざわと親分の言葉が結びついたのだ。あの男はたぶん、作蔵って人だ。紅屋の主人を殺めた人だ。でも、その結びつきを言ったところで突拍子もないと一蹴《いっしゅう》されてしまうかもしれない。

「かまわねぇから言ってみな」

吾一親分がいつになく優しい声で促した。

「ぼやっとですけど。金色に見えたんです」

「金色に？」

岡林様が太い眉をひそめた。

「へえ。おれ、小さい頃におとっつぁんを亡くしてて」

おとっつぁんは勇吉を庇って、燃える看板の下敷きになった。

――馬鹿野郎！

おとっつぁんは怒鳴った。そして、その後に言ったのだ。

逃げろ、と。そのときのおとっつぁんは確かにぼうっとした金色の光に縁取られていたのだ。あれは、死を覚悟していたからではないか。そして、橋の上から振り返った男の立ち姿も勇吉には金色に縁取られて見えたのだ。

人は、誰かのために死を覚悟するとあんなふうになるのではないか。

「それは、月明かりのせいじゃねぇかな」

ほら、と岡林様が表を黒々とした目で指した。戸口の前にできた雪のくぼみには白銀色の月の光が溜まっている。

そう言われれば返す言葉はない。勇吉が黙り込むと、

「行こう、勇吉」

吾一親分が勇吉を励ますように言った。

「親分――」

「おれも閃いてここへ来たんだ。虫の知らせってのはよく聞く話だろう。そういう勘みてぇなもんは大事《でえじ》にしないといけねぇ。旦那《だんな》、とりあえず、ここはあっしらに任しておくんなせぇ」

吾一親分はそう言うと、勇吉の袂を引き、表へ飛び出した。雪の道を力強く踏みしめていく。

「間に合うでしょうか」

勇吉は吾一親分の後を追いながら訊ねた。吐く息が白い。なのに、少しも寒さを感じないのは、この二刻《ふたとき》（四時間）ほど、行ったり来たりしているからだろう。

「わからねぇ。けど、死なせちゃいけねぇ。もしかしたら、お上のお許らいがあるかもしれねぇからな」

人を殺したら、大抵は死罪になる。だが、今度の場合、娘の敵討《かたきう》ちだ。しかも

その敵は年端《としは》もいかぬ少女を三人も毒牙《どくが》に掛けた人でなしだ。その辺のことを鑑《かんが》みて、親分はお上が作蔵に温情を掛けるかもしれないと言っているのだろう。

「なあ、勇吉。おめぇのその勘みてぇなもんは、おとっつぁんが渡してくれたもんかもしれねぇな」

歩きながら吾一親分が言う。四角張った顔が月明かりのせいか、いつもより柔らかく見える。

「おとっつぁんが？」

思いがけぬ言葉を掛けられ、声がかすれた。

「そうだ。人の心の中からじわっとにじみ出るようなもん。そんなもんが見えるようになったのは、きっとおとっつぁんのお蔭だ。大事にしろよ」

人の心の中からじわっとにじみ出るようなもの。それが見える。

そうか。おとっつぁんはそんな大事なものをおれに遺《のこ》してくれたのか。

「さ、急ぐぞ」

吾一親分は足を速めた。五十路を超えているというのに、その健脚ぶりは十三歳の勇吉でも追いつくのが大変なくらいだ。

でも、その背を見失うことはない。道に迷うことはない。雲はまだ出ているが、庚申の夜の月はますます高く、辺りは昼間のように明るい。輝く雪の上には親分の雪駄の跡がくっきりとついている。

五

「おとっつぁん、どこに行くの」

傍らのおさとが無邪気な声で訊く。

「そうさな。せっかくだから、広い場所がいいな」

作蔵は大きく息を吸い、空を見上げた。月はさらに高みを増し、皓々と雪を照らし、雪もまた、その光を青く跳ね返している。だから、雪の積もった夜はこんなにもしんと明るい。

「どうして広い場所がいいの」

「さっき、おめぇが言っただろう」

――もしかしたら、雪の下にはたくさんの罪があるのかもね。

この世にはたくさんの人がいて、大なり小なり罪を犯している。

庚申の夜にうっかり眠ってしまう人がたくさんいたら、天上にはたくさんの罪が集まってしまう。その罪をいちいち裁《さば》くのは面倒だ。

だったら、雪を降らせよう。

真っ黒な罪も、冷たく真っ白な雪に抱かれてくるくると落ちていくうちに、清められればいい。そう願いながら神様は雪を降らせたのだ。

「なあ、おさと。おめぇはそう考えたんだろう」

「そうよ。だから、雪がきゅっきゅっと鳴くのは、下に蛙や小鳥がいるんじゃないの。罪が泣くのよ」

おさとは得意げに言った。

「そうか。罪が泣くのか。上手いことを言うな」

作蔵が心底から感心すると、そうでしょ、とおさとは言い、くすくすと笑った。

「でもな、おさと。残念ながら、今晩の雪はもうやんじまった」

作蔵は溜息《ためいき》と共に吐き出した。

「そうね。でも、どうして雪がやむと駄目《だめ》なの」

おさとの声は沈んで聞こえる。

「さっきも言っただろう。おとっつぁんは今晩、罪を犯しちまったんだ。だから、おとっつぁんの罪はこの雪の下にはないんだ。まだ、身の内にひそんでる」

そうだ。手の内には鑿と、それを突いた感触が未だに残っている。柔らかな皮膚の下には硬い骨があり、鉄気くさい血が流れていた。

「どんな罪？」

おさとの問いかけに、すぐには答えられなかった。本当のことを言えば、この手が血で汚《けが》れていると知れば、おさとが悲しむと思ったからだ。

嫌な感触を頭の中から追いやると、

「ああ、おさと。見てごらん」

すげぇな、と作蔵は足を止めた。

松林の向こうには深川洲崎《すさき》十万坪《つぼ》が広がっている。

海に面した洲崎は元旦《がんたん》の日の出、潮干狩《しおひが》り、月見と大勢の人が集まるところだ。

その広大な敷地が一面真っ白な雪で覆われていた。

「本当だ。すごいね、おとっつぁん」

おさとの声が弾《はず》んだ。そんな声を聞くと、もっと早くに連れてきてやればよかったと悔やまれる。

「もっと早く連れてきてやればよかったな」

心の中にあるものが、率直な言葉となってこぼれ落ちた。春夏秋冬。一年のいつでもいい。連れてきてやればよかった。柔らかく伸びやかな心は何を見ても、何を聞いても、きっと美しいものに変えただろう。

「ううん。今、こうして来ているもの。十分だよ」

ね、おとっつぁん、下に降りようよ、とおさとが弾んだ声のまま誘う。

よし、と作蔵は扇橋《おうぎばし》を渡り、雪を被った松林の間を駆ける。枝に触れると冷たい雪が作蔵の頭や肩にはらはらと落ちてくる。

松林を抜ければ。

見渡す限りの雪野原だ。ただ一面の白銀色だ。

おとっつぁん。

おさとの声がくっきりと近くなった。

顔を上げると、それまで声だけだったおさとの姿がはっきりと目に映った。

弁慶縞の着物に赤い帯。玉結びにした髪には南天の実を模した飾りのついたかんざしを挿している。おさとが笑い転げる度《たび》に揺れた南天の実だ。色白のおさとによく似合った南天の実だ。何よりも、「難を転ずる」ようにと祈りをこめて細工《さいく》した南天の実だ。

その南天の実が、月の光を受け、まるで命あるもののように輝いていた。

「済まなかった。おめぇを守ってやれなくて済まなかった」

作蔵が絞り出すように言うと、おさとはきっぱりと首を横に振った。おとっつぁんのせいじゃないもの、と言って微笑んだ。

「おとっつぁん、あそこまで走ろう」

明るい声で海のほうを指差すと、雪の上をすべるように駆け出した。作蔵もその後を追う。まっさらな雪に作蔵の下駄の跡だけがくっきりとついていく。

走って走って海の見渡せる場所まで行くと、前を行くおさとが立ち止まり、不意に振り返った。

「おとっつぁんの罪は、あたしのためだったんでしょう」

月の光を吸い込んだ瞳は得も言われぬほどに澄んでいた。その瞳に引き寄せられるように、作蔵はこくりと頷いていた。

そうだ。おさとのためだった。おさとのために罪を犯した。

人を殺めた。

だが、それは二十五年前の罪とは違った。

貧しい兄弟がいじめられても、見て見ぬふりをした罪。

その罪から逃れるために、兄弟に団子を渡そうとした罪。

幼い頃の罪のほうが、ずっと重いように思えるのはなぜなんだろう。

あのとき、どうして兄弟が作蔵の手を振り払ったのか、今ならわかる。

大事なものを壊《こわ》されたからだ。

あの兄弟は貧しくても必死に生きていた。雀を捕らえながら、どぶのにおいの満ちた、家とは呼べぬような家の中で懸命《けんめい》に生きていた。

生きる。その痛切な思いを作蔵は踏みにじった。粉々にした。

だから、兄弟は怒ったのだ。だから、作蔵の心は未だに尖った重苦しいものに苛《さいな》まれるのだ。

そして、作蔵も命より大事なものを踏みにじられた。木っ端《こっぱ》微塵《みじん》に壊された。

だから、壊した相手を必死に捜した。おさとの亡骸に微かに残った膠のにおいを頼りに、本所中の絵具屋や筆屋を回ったのだ。

まさかこんな近くであるはずがない、と思いながら訪ねた表店の勝手口で、

――作蔵さん、大変だったね。

男は慰めの言葉を差し出した。だが、どんなに取りつくろっても皮一枚の下で、男が笑っているのが作蔵にはわかった。何より、その身から発する膠のにおいはおさとの亡骸に残っていたものと同じだった。強引に二階へ上がると、そこには三枚

の絵と三本のかんざしがあった。

　階下へ戻ると、男は本当に笑っていた。殊勝《しゅしょう》な面《つら》の下に隠していた薄笑いを堂々と表に出し、訳のわからぬことをべらべらと喋った。

　赦《ゆる》せなかった。少女を三人も殺しておきながらのうのうと生きている男が、へらへらと笑っていられる男が、どうしても赦せなかった。

　だから、この手に掛けたのだ。美しいものを生み出す大事な道具を、汚れた身に突き立てたのだ。

　だが、兄弟に団子を施したときのほうが、その手を振り払われたときのほうが、よほど心が痛かったのはなぜなんだろう。

　人を殺めた。それは重い罪のはずなのに。今、心は痛いのではなく空っぽなだけだ。ただ真っ黒でがらんとした空洞が、我が身の奥深くにあるだけだ。

「なあ、おさと。おれは間違ってたのかな」

　こちらを見つめる娘に作蔵は問うていた。

「うん。間違ってたよ。おとっつぁんは間違ってた」

　おさとはきっぱりと頷いた。

「じゃあ、どうすればよかったんだ」

どうすれば己は救われたんだ。

いや、どうすればおさとは救われたんだ。

「あの男を殺したって、あたしはもう戻れない。もう戻れないもののために、命を捨てるなんて馬鹿だよ」

おとっつぁんは馬鹿だ、とおさとは優しい声色《こわいろ》で言った後、

「でも、大丈夫だよ。ほら、見て」

すんなりとした首をもたげた。

澄んだ濃紺の空には月と星が輝いている。泣きたいほど美しい空から真っ白なものがちらちらと舞ってくるのが見えた。

ああ雪だ。細かい雪だ。粉雪だ。

作蔵は手を伸ばして雪を受けた。白く冷たい粒は作蔵の手の上に次々と落ち、落ちては溶けた。まるで手に残った嫌な感触を拭《ぬぐ》い去るみたいに。

「ね、だから大丈夫。おとっつぁんの罪もこの雪に混じって落ちる」

おさとの唇《くちびる》がふわりとほどける。微笑んでいるのに泣いているような面持ちだった。その笑顔が月明かりにぼんやりとにじんでいく。

「おさと！」

思わず手を伸ばしたが、おさとの輪郭《りんかく》はぼやけていく。雪の舞う、青白い月明かりの中へと消えていく。

大丈夫だよ。おとっつぁん。きっと大丈夫。

それを最後に、おさとの姿は月明かりに溶けるように消えた。作蔵は膝《ひざ》からくずおれると、懐のものを震える手で取り出した。

おさとの位牌《いはい》だった。月下《げっか》で白々と光る小さな木を見ているうちに、こらえきれずに涙があふれた。位牌を抱いたまま雪の上に突っ伏すと、温かい涙が次から次へとこぼれ落ちる。

歯を食いしばって雪に頬を埋《うず》めると、水の流れるような音が耳朶を打った。地下を流れる水の音か。あるいは、海のさざめく音か。涙を流しながら作蔵はその優しい音を聞いていた。

不意におさとの声が耳奥で蘇《よみがえ》る。

――雪がきゅっきゅっと鳴くのは、下に蛙や小鳥がいるんじゃないの。罪が泣くのよ。

罪の泣く声、か。

作蔵が心の中で呟いたとき。

広い雪野《ゆきの》を打つ足音がした。一人ではない。二人だ。二組の足音は作蔵のほうへと真っ直《ます》ぐに向かってくる。ぐんぐんと近づいてくる。やがて、水の流れるような音は、力強いその足音にかき消された。

寿限無《じゅげむ》

浮穴みみ

一

神田川端、柳原《やなぎわら》土手の武家屋敷のあたりに女の幽霊が出る、という噂が立ったのは、花見に飽いた江戸っ子が、初鰹《はつがつお》を心待ちにする青葉の季節だった。

「なんでも細川様の上《かみ》屋敷のあたり、大きな松の木の下に出たんだってよ」

「ざんばら髪の青白い顔の女がぼんやり出てきて、にかぁっと笑ったって。それがしばらくすると、すうっと消えちまったんだって。その後は影も形もねぇときた。煙みてぇに消えちまったのよ」

「ひえっ、じゃ、じゃあ、そいつぁ、や、やっぱり……」

「おっと、その先は言うめぇ。おそろしや。つるかめつるかめ」

面白半分、怖さ半分、無責任な噂は市中を駆けめぐり、江戸っ子の肝を冷やす。

神田にある幼童手跡指南《ようどうしゅせきしなん》、いわゆる町屋《まちや》の手習《てなら》い所《どころ》、吉井堂《よしいどう》でも、手習いを終えた子供たちが片づけもそっちのけで、お化けごっこの真っ最中である。

なぜか風呂敷をかぶって、三白眼《さんぱくがん》になった年かさの女の子が、

「おおお、お化けだぞぅ！　うらめしやぁ、うらめしやぁ」

などとおどせば、小さな子たちが、

「きゃーっ！」

金切り声をあげて、逃げまどう。

「こら、いつまでも何を騒いでいるのです！」

パンパンパン、と手を打つ音が鳴り響き、子供たちが水を打ったように静まった。

女師匠の奈緒《なお》が、縁側にすっくと立っていたのだ。

富士額《ふじびたい》から続く、くっきりと濃い眉がわずかに吊り上がり、長い睫毛《まつげ》に縁どられた切れ長の目が、きっ、と子供たちをにらみつける。

すっきり通った鼻筋に紅《あか》くめくれた花びらのような唇。微笑《ほほえ》めば、百合《ゆり》がほころぶようだと誰もがほめるその美貌ゆえに、怒った顔にも凄《すご》みがあり、どの子も神妙に膝をそろえた。

とうに二十歳《はたち》は過ぎたが、眉も落とさず鉄漿《かね》もつけない。奈緒はまだ独り身なのである。

「さあさ、急いで後片づけをしないと、日が暮れてしまいますよ」

はあい、と間延びした返事に続いて、子供たちがあたふたと後片づけにかかった。

どたどたと容赦ない足音が響くたびに、古い二階家が、ミシリミシリ、と鳴る。

奈緒は思わず梁《はり》を見上げ、家の造作を見回した。

黒板塀《くろいたべい》に見越しの松も粋な、元はどこかのお大尽《だいじん》の妾宅《しょうたく》であったと噂の仕舞屋《しもたや》である。家も庭もなかなかに広いが、天井板といい、柱といい、ガタがきていることは一目瞭然だ。

ほんとに幽霊が出そうなのは、この家のほうだわ。

実際、真夜中に家が鳴ることなど珍しくもない。兄の数馬《かずま》と二人暮らしのこの家で、闇夜に奇妙な物音を聞けば、気丈な奈緒でも、独りの寝床で身を縮み上がらせることがある。

そんなとき奈緒は、幼い頃、お化けが怖いと駄々をこねては、兄の布団にもぐり込んだことを思い出す。

数馬も奈緒も、れきとした武家の出である。

もちろん躾《しつけ》は厳しかったのだが、数馬はいつも、こっそり奈緒を自分の布団に入れてくれた。

数馬の布団は温かくて気持ちよく、いつもよりぐっすり眠れた。そのせいか、必ずと言っていいほど、奈緒はおねしょをしてしまい、奈緒をかばった数馬が、父からこっぴどくお仕置きをされることになった。数馬は文字通り、おねしょの濡れ衣を着せられたのだ。

奈緒が謝ると数馬は、そんなこと気にするな、と笑い飛ばした。そして、寝小便は大器のしるしだ、おまえは見所がある、などとでたらめを言い、奈緒を笑わせた。

父に似て体格のいい数馬は、武芸にも秀でていたが、学問を殊更《ことさら》好んだ。難しい書物をどこからか手に入れては読みふけり、何やら数字や図形を書いては考え込んで、帳面を前に半日でも一日でも動かない。そうかと思うと、当時、屋敷の離れに下宿していた、長崎帰りだというのになぜか流行《はや》らない医者のところに入り浸り、終日話し込んでいた。奈緒も数馬の後にくっついていったが、さっぱりわからない話ばかりだった。

ところがある日、数馬と奈緒の日常は一変した。

奈緒が十五、数馬が十六の年に、吉井の拝領《はいりよう》屋敷で火事があった。

幸い怪我人は出なかったものの、両隣の屋敷は類焼。当時小十人組《こじゆうにんぐみ》だった吉井家は失火の責任を厳しく問われ、家禄《かろく》召し上げの上、御家《おいえ》断絶の憂き目にあった。

それからは、坂を転がり落ちるようだった。

家を失ってわずか一年後、父が病に倒れ亡くなった。丈夫だった母まで、その二年後に、父の後を追うように、風邪をこじらせ亡くなった。

父も母も太平の世の武家らしく、わずかな禄を頼りにつつましく生きてきた。突然町屋に放り出されて、おいそれと身過ぎ世過ぎが身につくものではなかったのだ。

だが、数馬は違った。

若さのせいか、型破りな気性のせいか、不謹慎なほどさばさばしていた。

「おお、物干し台が広くて高いぞ！　星がよく見えるぞ！」

知人の伝《つて》でこの仕舞屋を借り受けられることになったときも、物干し台に上がって、大きな身体で子供のようにはしゃいでいた。

兄の朗らかさに背を押されるように、奈緒もいつしか、町屋の暮らしに馴染んだ。父が去り母が去り、兄と二人きりになってしまったこの家。しかし奈緒は寂しくなかった。兄の発案で手習い所を開いてからは、毎日子供たちに振り回されて、寂しがるどころではない。

「お師匠《しょ》様ぁ、終わりましたぁ」

奈緒ははっとして、甘えた声の手習い子たちに笑顔を向けた。
「よくできました。みんな、気をつけてお帰りなさい」
「はあーい」
ぱたぱたと軽やかな足音が遠ざかって、吉井堂は一気にしんと静かになった。
どこかで雲雀《ひばり》が鳴いている。尾を引くように鳴き声が遠ざかる。
空へ昇っていくのだろう。どこまでも高く遠く。
奈緒は天を見上げた。白い雲がたなびいている。
あの雲のずっと向こうには、今いることとは、全く別の時間が流れる国があるという。
兄から聞かされたことがある。
海の向こうの遠い国では、江戸の町とは違う時が刻まれているのだと。
遠い国、それはどこにあるのだろう。
違う時とは、どのようなものだろう。
どこでもいい。
こことは別の時間が流れるどこか遠くへ行ってみたい、と奈緒は思った。
もちろん、兄と一緒に。

二

がっしりとした身体に浅葱色《あさぎいろ》の十徳《じっとく》を羽織り、頭をすっかり剃り上げた姿は、まるで世を捨てた風流人。

奈緒の兄、吉井数馬は、床《とこ》の間を背に一心不乱に虚空《こくう》をにらみつけていた。大きな目に太い鼻柱。敵を射抜くばかりの眼光鋭い堂々たる面構えが、今は、一枚の紙の上に向けられている。剣をこそ持たせるべきたくましい腕の先にあるのは、一本の筆だ。

黙りこくる数馬の正面には、二人の客。

一人は職人風の三十前後の男。困ったように顔をしかめ、数馬に話しかける機会をうかがっている。もう一人は、痩せて青白い顔をした少年だ。

「あらまあ、佐太郎《さたろう》さん、いらしてたんですか。お待たせして申し訳ございません」

奈緒が声をかけると、佐太郎と呼ばれた男は、ほっとしたように破顔した。

紺地の縞木綿の袖からのぞく両手は指が細く、女のように白い。肩はなで肩、小柄で弱々しい印象だが、細い一重瞼《ひとえまぶた》に高い鼻、きりりとした口元も凜々《りり》しく男前と言っていい。頼りなげだが整った容貌は、もう一人の客、息子の新吉《しんきち》にもそっくり受け継がれていた。加えて、親子ともども控えめながら礼儀作法を心得ており、言葉遣いの端々から躾《しつけ》の良さが滲《にじ》み出る。

奈緒は、近所に越してきた佐太郎親子をいっぺんに気に入って、入門したいと言うのを二つ返事で引き受け、都合のいいときに訪ねるよう、言っておいたのだ。

佐太郎が声をひそめた。

「あの、奈緒さん。先程、先生は突然、何か思いつかれたようで、もう四半刻《しはんとき》も、ずっとあのご様子で……」

奈緒は眉をひそめた。

「本当に申し訳ございません。兄は、いつもこうなのですよ。思いついたが最後、夢中になって、そのまま、一刻《ひととき》でも二刻《ふたとき》でも、一日中でも、ああして考えごとをなさっているのです」

奈緒は、仏像のように固まった兄の姿を、ちらりと見遣った。

「い、一日中ですか?」

「ええ。性分なのですね。考えている間は、人の話なんぞろくに聞こえないらしく、とんちんかんな答えをなさいますから、放っておくに限るのです。運が悪かったとお思いになって、もう少しお待ちください」

「そうですか……」

佐太郎は意外にも、ふっと薄く笑みをたたえ、

「それでは、腰を据えてお待ちしましょう」

と言った。

「今、お茶をお持ちいたします。ちょうど到来もののおまんじゅうがございますから、新吉さん、召し上がる？」

「はい、いただきます！」

それまで神妙に黙りこくっていた新吉は、まんじゅうと聞いたとたん、声を弾ませた。

「まあ、元気がいいこと」

奈緒が笑いをこらえて振り向いた、そのときである。

数馬の手から、ぽとりと筆が滑り落ちた。

空いた手が、つるりと額を撫で上げる。

太い眉の下で、大きな瞳が火を噴くようにぎろりと動いた。

「わかった！」

大音声《だいおんじょう》が座敷に響き渡り、二人の客は飛び上がった。

数馬が、ぬっと身体を起こした。畳に転がった筆を拾い上げ、墨を滴《したた》らせる。

数馬は六尺豊かな長身である。それが仁王立ちになり、大筆を振り上げ、そこらじゅうに墨を飛び散らせながら、一気呵成《いっきかせい》に何ごとか書きつけている。

「い、いったい……何が……」

佐太郎も新吉も、何ごとかと目を剝いた。

「ああ、やっと解けたのでしょう。算題《さんだい》が」

奈緒は、ほっと胸を撫で下ろした。これでもう、客を待たせずともよい。

「算題ですか？」

「はい。算法家《さんぽうか》が算法の問題を絵馬にして、神社に奉納しました算額の問題です。それを見て問題を解いた方が、また解答を絵馬にして掲げるということですが、御存知ですか？」

「ええ、まあ。しかし、難しい問題なのでしょうねぇ」

「はい。幾何学だとか、わたくしにはさっぱり。でも、兄は苦にならないのでしょう。お酒や博打《ばくち》にのめり込むということはございませんが、算法道楽とでも申しましょうか、始めたら夢中になってしまいます。この問題も、何日か前から、お友だちと賭けをなさったとかで、先に解いたほうが、ご褒美をもらえるのだそうです。子供みたいでしょう？　ほかにもいろいろと、小難しいことばかりなさって喜んでおいでです」

「そうでしたか」

感心したように、佐太郎が何度もうなずいた。

「算題が解けたようですから、もう、お話ができますよ。ようございました」

数馬が子供のように、無邪気にもろ手を挙げる。

「答え曰《いわ》く……ようし、間違いないっ！　この問題、なかなかに手強かったぞ。しかし、これで、三番叟《さんばそう》はわたしのものだ。長寿庵《ちょうじゅあん》め、ざまあみろ」

奈緒がきょとんとした。小さな紅い唇を半開きにして、数馬を見上げる。

「サンバソウって……それが、ご褒美ですか？」

奈緒には何のことやらわからない。

「うむ。その三番叟は、ぜんまいが、何と、鯨《くじら》のひげではないのだ。何だかわかるか？」

大きな目をますます見開いて、数馬が妹に問いかける。

「ぜんまいが……ああ、からくりですか？」

「そうだ。長寿庵のお宝といえば、からくり人形に決まっているではないか。しかし、今度のは鯨のひげなど使っておらぬ。もっとすごい。何だと思う？」

「さあ……」

「降参か？　降参だな？　ならば、答えを教えてしんぜようか？」

答えを言いたくてたまらないらしい数馬がせかすので、奈緒は何が何だかわからないままに、うなずいた。

「何と、何と、真鍮《しんちゆう》製なのだ！」

「……」

「どうだ、すごいだろう！　驚いたか？」

「……」

「驚いたであろう？」

「あっ、はい……」

奈緒にとって、からくりのぜんまいが鯨だろうが真鍮だろうが猫のひげだろうが、何でもいいのだが、そこは兄思いの妹らしく、胸のところで手のひらを合わせ、さも驚いたように調子を合わせる。

「まあ、すごい」

「な？　すごいであろう！　真鍮製は、壊れにくく丈夫だ。からくりの動きも美しいと聞いた。あっはっはっは。嬉しいな。長寿庵から三番叟をぶんどったら、おまえにも貸してやる」

数馬は、元服前の兄が幼い妹に姉様《あねさま》人形を与えてやると約束したときのような、誇らしい笑顔で胸を張った。

「はい。ありがとうございます。あの、ところで兄上、お客様がいらっしゃっています。わたくし、お茶を淹《い》れてまいります」

数馬は二人の客に初めて気づいたように、その大きな手のひらで、ぱちん、と広い額を叩いた。

「おお、これはこれは。そうだ、奈緒、いいことを思いついた。茶は、お菊《きく》に運ばせろ」

「はい」

「お菊さん？　どなたですか？」

佐太郎が耳ざとく聞きつけ、小声で訊いたが、奈緒は何ごとか含むように微笑むと、そのまま黙って下がった。

数馬が居住まいを正して言った。

「さて、どういった御用件でござったかな？」

どうやら、自分が二人を座敷に案内してきたことは、すっかり忘れてしまっているらしい。再びここに至った経緯《いきさつ》を説明する羽目になった佐太郎は、やれやれとため息をついた。

「ええー、指物師《さしものし》の佐太郎と申します。これは、息子の新吉、十歳でございます。このたび、巣鴨《すがも》から、この近くに越してまいりました。つきましては、時季はずれではございますが、入門をお願いいたしたく……新吉、ご挨拶を」

「よろしくお願いいたします」

「うむ。よろしい」

数馬が新吉をじっと見つめる。虚空をにらんでいたときと同様、厳しい表情である。

「手習い師匠はほかにもあろうに、何ゆえこちらに？」

「この近所で評判を聞きましたので。吉井先生は、学識豊か。このようなところで手習い師匠をなさるには、もったいないようなお方だと……」

佐太郎がすらすらと述べるのを、数馬は、にこりともせず聞いていた。

「ふうん、評判、となア」

「はい」

ふん、と数馬が鼻を鳴らした。

そうこうしているうちに、廊下から、子供がおもちゃの鳩車《はとぐるま》でも引きずるような、奇妙な音が響いた。

「お菊だ」

数馬が嬉しそうに言う。

佐太郎の細い目が一瞬、廊下へと鋭く投げかけられた。

おすべらかしのつややかな黒髪がのぞいた。蝶の柄の赤い着物。金糸銀糸の豪華な帯。茶托《ちゃたく》を捧げ持つ小さな白い手……。

「おお、これは」

佐太郎がまず、声を上げた。

「どうですか」

「可愛らしいですなあ」

新吉はただだまって、彼女の動きを見つめている。

茶を運ぶ美しい少女。しかし、その少女は、一尺にも満たないほどの背丈しかない。

お菊とは、茶運び人形のことであった。

「豪華なからくり人形ですなあ」

感心したように佐太郎がうなずく。

お菊は、カタカタと音をたてながら佐太郎のほうへ向かい、茶托を捧げた。

「兄の自慢のお人形です。とてもお利巧さんですよ」

お菊の後から盆を持ってついてきた奈緒がそう言うと、数馬は満足そうにうなずいた。

「頂戴いたします」

佐太郎が茶碗を取り上げると、お菊はその場でぴたりと止まった。

「また、湯呑みを載せてやると動き出します」

「よくできていますねぇ」

「おお、良いことを思いついたぞ！」

数馬が突然、膝を打った。

「急に何ですか、兄上」

「このお菊の手を改良してだな、上下ではなく、左右に動くようにする。すると、茶碗でも皿でも受け渡しができるようになるではないか。どうだ、奈緒？」

奈緒は滑らかな頬に白い指をあて、訝《いぶか》しそうに首を傾げてみせた。

「お皿ですか？　お菊にお皿じゃ、番町皿屋敷ではございませんか。近頃流行《はやり》の幽霊話にぴったり」

「ああ、そう言えば、このあたりで幽霊が出たとか、大変な騒ぎでございましたねえ」

佐太郎が話を合わせると、数馬はみるみる不機嫌になった。

「幽霊などいるわけがない！」

「あら、そうかしら」

「ばかばかしい！」

「おかしな兄上。以前でしたら、お化けが大好きで、あっちのお化けにこっちの幽霊、嬉しそうに飛んでいって、あれこれ調べていらしたのに、今度ばかりはさっぱり」

「あの、お師匠様はお化けがお好きなんですか？」

それまで黙って大人たちの話を聞いていた新吉が、身を乗り出した。

「ええ。新吉さん、このお師匠様はね、要するに、へんてこなものをあれこれ調べてみるのがお好きなんです。お化けだけではありません。お空の星はどこで光っているのかとか、お月様はどのくらい遠くにあるのかとか、夏はどうして暑いのか、冬はどうして空《から》っ風が吹くのか、ありとあらゆることを不思議がる方なんです。ですから、お化けや幽霊なんて、恐ろしいより不思議なほうが先に立つんです。新吉さんも、幽霊を見たらお師匠様に相談なさい」

「心得ました」

新吉が元気にうなずいた。

「ところが、兄上は今度の幽霊騒ぎには、ちっとも腰を上げようとなさらない……」

「ええい、ばかばかしいったら、ばかばかしい。幽霊など、おらぬと言ったらおらぬ！」

とうとう数馬は、駄々っ子のようにぷいと横を向いてしまった。

「なるほど。先生、幽霊など、晦日《みそか》の月だということですね」

晦日には月が見えない。それと同じで幽霊話はありえないことだ、と佐太郎が助け船を出したのに、数馬はまたまた不機嫌に首を横に振る。

「違う違う。晦日の月ではない。晦日の月では、本当は幽霊がいることになってしまうではないか。晦日の月は、そこにあるのに、隠れて見えないだけで、月はそこにあるのだ。一方、幽霊というのは、いるのに見えないのではなく、最初からいないのだ」

「何を屁理屈こねていらっしゃるのですか、兄上。さっぱりわかりません」

「もういい。せっかくお菊が運んだ茶が冷めてしまうではないか」

数馬が再び茶碗を載せて、お菊がカタカタと動き出す。ところが、新吉の前まで歩いていったお菊が急に、ギギギィー、と世にも苦しげな音をたてて、突然、止まってしまった。

「おや、どうした、お菊。おい、こら、お菊?」

数馬が大きな身体を捻《ね》じ曲げて、あちらこちらを突《つつ》いても、人形は微動だにしない。

「兄上にこき使われて、お菊もいやになったのではありませんか？　お皿を持たせようだなんておっしゃって」

「冗談言うな。からくりがいやになるか」

「からくりだって、いやになるかもしれないでしょう」

「いやにならないから、からくりなのだ。御免」

数馬はぶつぶつ言いながら、お菊を取り上げると、着物を脱がせはじめた。ねじやぜんまいが入り組んだ内部が露《あら》わになり、無骨な手でそれらをいじくる。

お菊は、いっかな動かない。

数馬がとうとう口をへの字に曲げて、「ううん」と唸ってしまったとき、

「あのう……」

佐太郎が、ためらいがちに膝を進めてきた。そして、

「ちょっと、拝借」

と言うと、否応なしに数馬からお菊を奪い取り、懐から何やら巾着を取り出した。巾着の中身は、細工道具のようである。

「この仕組みがおわかりか？」

「いえいえ、滅相もない。一介の指物師《さしものし》でございますから……」

佐太郎は、慌ててかぶりを振った。

「しかしまあ、物ごとのあらましというのは、それほど変わらないものです。難しいことはさっぱりわかりゃしませんが、少しはお役に立てるかと……」

などと言いながら、手際よく、ちょちょっとお菊のからくりに手を加える。

そして、手早く元通りに着物を着せて、そっとお菊を立たせ、最前のように小さ

な手の上に茶碗を載せた。

途端にお菊が、カタカタと軽やかな音をたてて動きはじめた。

「やった、動いた」

「おお、これは」

数馬と目が合うと、照れくさそうに佐太郎がうなずいた。

「いったい、何をどうやったのだ？」

「部品の木がささくれて、動きにくくなっておりました。少し削っただけでございます」

「この仕組みがよくわかったな」

「いやいや、仕組みなど存じません。ちょっとした按配《あんばい》でして」

佐太郎は、決まり悪そうに恐縮している。

「さすが、手先が器用ですな。こういうときは大抵、からくり好きの長寿庵に見てもらうのだが……」

「その長寿庵とは？」

「蕎麦屋《そばや》みたいな号の医者です」

数馬がまた自分の頭を手のひらで撫でる。

「妙に気が合って、一緒にからくりや算法で遊んでおります。さっきの算題も、そいつと賭けをして競争で解いていたわけで」

「もうお年のお医者様ですが、兄よりお元気なくらい。兄と長寿庵さんが額をつき合わせて相談ごとをしていると、まるで二人のお坊さんが悪巧みをしているようなんですよ」

「こら、奈緒、口を慎みなさい」

「だって、二人とも人相が悪いんですもの」

「それにしても見事だ。佐太郎どの。かたじけない」

「どうも、余計なことをしちまいまして……」

　恐縮する佐太郎を真似るように、新吉までうつむいてしまった。

「さあ、新吉さん、お茶をどうぞ。おまんじゅうも召し上がれ」

　奈緒がすすめるまんじゅうを、新吉は無言で頬張った。

　佐太郎は、それから急に無口になると、くれぐれも新吉をよろしくお願いします、と頭を下げて暇《いとま》を告げた。

三

暮れ六つの鐘が鳴った。

「奈緒、茶を淹れてくれ」

段々に闇が濃くなっていく庭を見ながら、数馬が言った。

夕餉《ゆうげ》の膳を下げた奈緒が、すぐに盆を手に戻ってくる。

「指物師といったか」

昼間訪れた佐太郎のことだ。

「はい。礼儀正しい方でございます」

数馬は、ふふんと微笑んだ。

「何か、お気にさわることでもございましたか」

奈緒の白い顔に影ができている。

「奈緒、わたしは、この界隈《かいわい》ではどんな評判だ？」

「どんなとおっしゃられても……」

考え込むように、奈緒が鬢《びん》のところに手をやる。

「手習い師匠にしておくには惜しいほどの傑物《けつぶつ》だとか、そんな噂が立ってはおるまいか」

ぷっ、と奈緒が我慢できずにふき出した。

「もう、兄上、何をおっしゃることやら。手習い子が来るのは、兄上の評判のおかげではなく、束脩《そくしゅう》がただみたいに安いからでございましょう」

吉井堂に集まってくるのは、ほとんどがあまり豊かではない家の子たちだ。親たちは苦しい生活の中、無理をしてでも、子供に読み書きそろばんだけは一通り身につけさせようとする。束脩が野菜や魚の干物に化けることもたびたびだが、数馬は喜んで受けとる。

「兄上は気が向かないと、顔もお出しにならないし」

笑いに紛らせ、奈緒が言う。

凝《こ》り性の数馬は、何かに夢中になると、手習い師匠の務めを忘れてしまう。仕方がないので、奈緒が男の子も女の子も一手に引き受ける。ところが、そのほうが評判がいいのだ。武家育ちで立ち居振る舞いが美しく、優しくも時に厳しい奈緒は、子供たちからも親からも頼りにされていた。

一方、数馬は、変わり者の浪人で通っていた。悪い人ではないらしいが、偏屈そうでいけない。挨拶をしても返事もしない。へんてこな動く人形をこしらえては、日がな一日遊んでいる。かと思うと、道端の草をじっと見ていたり、空を見上げ、呆《ほう》けたように口を開けている。あんな兄さんを持って奈緒さんも大変だ……というのが大方の見方である。

「兄上は、ほかの塾へ講義に出向かれるほかは、毎日書物を読んだり、葉っぱや花をむしったり、長寿庵さんと連れだって、お人形遊びをなさっているばかり。良い評判など、とてもとても」

言葉とは裏腹に、奈緒の口調は優しかった。

「吉井堂を開いて、もう、五年になるか……」

「はい」

どこからか風が一陣吹き込んできて、奈緒の後《おく》れ毛を揺らした。奈緒は思わず、細い肩を震わせた。

数馬が深いため息をつく。

「あの指物師、どこからわたしの評判を聞いてきたというのだろう？　このあたりのおかみさんたちが、立派な先生だ、などと言うはずがない。それに、指物師風情にお菊は直せない」

「そうなのですか？　それでは、佐太郎さんは……」

「身分を偽っておる」

闇の中で奈緒の顔が蒼ざめた。

「いったい何のために……」

「なあに、心配するには及ばん。そのうち明らかになろう。少なくともあの親子、悪人とは思えぬ。さあてと……」

数馬がゆらりと立ち上がった。

「兄上、どちらへ？」

「暗界遥《あんかいはる》か遠く遊びに参る。おまえも来るか？」

奈緒の顔がぱっと輝いた。

「お供いたします」

大入道のような数馬の影に、花のような奈緒の影がそっと寄り添った。

四

新吉は、すぐに吉井堂に慣れた。

筋がよく、器用で、小さい子の面倒もよくみる。

「師匠代理が務まるな。奈緒、楽ができるではないか」

数馬はそんな軽口を叩いて、奈緒に叱られた。

その新吉が、手習いを終えてみんなが帰ってしまった後に、一人ぽつんと残っていた。

「新吉、どうした？」

細い切れ長の目は父親似だが、その頬は丸くあどけない。数馬は表情を和らげた。

「あの、お師匠様に聞いていただきたいことがあるのです」

「どんなことだ？」

「幽霊のお話です。奈緒先生が、幽霊のことなら、お師匠様にと」

「幽霊？　まあ、とにかくこちらへ参れ」

数馬は、新吉を隣の座敷に連れていって話を聞いた。

「あの……異界《いかい》というものを、お師匠様は御存知でしょうか？」

「異界？」

「はい。どうやらおいらは、その異界に迷い込んでしまったらしいのです。そこで、おっかさんの幽霊を見たのです」

新吉が四つの年、母親が亡くなった。その後、佐太郎は後添えをもらうこともなく、ただひたすら仕事に励んだ。

一年ほど前、新吉は高熱を出して寝込んだ。悪夢にうなされ、はっと目を覚ますと、あたりは薄暗く、夕暮れどきだった。

枕元に父の姿はなかった。

新吉は二階に寝かされていた。

そっと障子《しょうじ》を開けてみると、日暮れ前の薄墨色の空が広がっていた。

新吉は妙な気がした。見慣れた巣鴨の町がどんより沈んでいる。どうしてだろう、と考えて、新吉は、はたと気づいた。

静かすぎるのだ。

町に音がないのだ。

新吉は、ぶるりと身震いした。

いつもの夕暮れの喧騒《けんそう》はどうしたのだろう。

音といえば、新吉の周りを囲むように、ぶーん、と低い唸るような音が聞こえている。しかし、それだけだ。物売りの声も、人々が忙しく立ち働く音も、何も聞こえない。少し下れば巣鴨村、反対側には、武家屋敷に添うように町屋がひしめく。日本橋や深川ほどの賑《にぎ》わいはなくとも、人々の生活の音が日々溢れているはずだった。

ここはどこだろう?

新吉はにわかに恐ろしくなった。

物干しの向こうの町は、確かにいつもの町なのに、そこに住んでいた生き物だけが、すっぽり抜け落ちてしまったようなのだ。

薄曇りの暮れかけた空。雲の間に一番星が光っている。

新吉は頭がくらくらした。唸るような音から逃れようと、夢中で階段に向かった。

この音はなんだろう。地鳴りのような音だ。また、いつぞやのように、なまずが大暴れする前触れではなかろうか。おとっつあんはどこにいるんだろう? もしかして、おいらを置いて、みんなで逃げてしまったんじゃないだろうか?

寄る辺《べ》ない不安に駆られ、這うようにして階段を降りていった新吉は、そこにいるはずのない人を見た。

五年前に死んだ、母のみつであった。

「本当にそれは、おっかさんだったのか？」

新吉は力強くうなずいた。

「あの蔦《つた》の葉模様の浴衣《ゆかた》は、確かにおっかさんでした」

「浴衣の柄を見ただけではそうとも言い切れまい。顔は見たのだろうな？」

「横顔を」

「横顔とな……」

音を失った夕暮れの町、まといつく地鳴り。そして死んだ母……。

数馬は腕を組んだ。

「声を……聞きました」

「声か？　おっかさんの声を聞いたのか？」

新吉が母親の姿を認めて呆然としているとき、それまでまといついていた唸るような音が、突然ぴたりとやんだ。そのとき、新吉は、か細い声を聞いたのだ。

母は一言、つぶやいた。

じゅげむ、と。

「じゅげむ、だと？」

「はい。ほんの一言でしたけど、確かにそう言いました」

か細く震える声だった。その一言を聞いた直後、新吉の周りに、また唸りが戻ってきた。

新吉が、膝の上で震える拳を握る。

「あのとき、おいら、どうして、かあちゃん、って声をかけなかったのか。どうして、かあちゃんにしがみつかなかったのか……」

熱に浮かされた新吉は、恐ろしさのあまり、襖《ふすま》の隙間から垣間見た母の幽霊に背を向けて逃げ出した。頭から布団をかぶり、亀のように身体を丸め、きつく目をつぶっているうちに、引きずり込まれるように眠りに落ちた。次に目覚めたときは昼間で、父が枕元に座り、心配そうに新吉の顔をのぞき込んでいた。町の音が戻ってきていた。そこはもう異界ではなかった。

「近所に住んでいるおばあさんに、この話をしたんです。おばあさんが言うには、きっとおいらは死にかけて、異界に迷い込んだのだって。そこでおっかさんに会ったんだって。じゅげむ、というのは、寿限無。限りのない長寿という意味で、おっかさんは、死んでからもおいらのことを心配しているから、無病長寿を願うおまじないに、そう言ったんだって」

「おとっつあんは、どう申しておるのだ?」

「おとっつあんは信じてくれない。高い熱が出ていたから、夢でも見たんだろうって。でも、あれは絶対に夢じゃありません。おいらはお江戸そっくりの異界に迷い込んだのです。お師匠様、そのようなことを御存知ではありませんか？」

「ふうむ」

数馬は首をひねった。

数馬がいつまでも黙っているので、新吉のほうが先に口を開いた。

「お師匠様、異界とは、この世とは別の時が刻まれる場所なのでしょうか」

「そうよのう……」

新吉の真剣な眼差しを受けとめて、数馬も真面目な顔で答える。

「確かに、海の向こうの暦《こよみ》も時計も、こちらとは違った刻みをしているから、異界の暦も違ったものであって不思議はないな」

「違った刻み、ですか」

新吉が、何かの答えを探すように天を仰いだ。

「うむ。西洋の一刻はいつも同じ長さだからな。暦も当然違う」

「そうなのですか？　では、暮れ六つや明け六つの鐘などは、どのように鳴らすのでしょう？」

「そのような鐘の鳴らし方はしない。時計というものがある。それに合わせて、生活しているのだ」

「時計に合わせて……では、お天道様にもお月様にも関係なく、時を刻むということですか？」

「そういうことになるな」

「お天道様が昇らなくても朝が来て、日が暮れようが暮れまいが、夜が来るってことですか？　それでは、人間だけが、勝手に生きているようではありませんか。いつか、そのうち、人間は夜起きて、昼間眠るようなことになってしまうのではないですか？」

「そのようなことにならぬよう、西洋でも閏月《うるうづき》を設けておる。どこの国でも、暦には節目というものがある。小さなずれを修整しながら、それに合わせていくのだ。我々が生活している江戸の暦だとてそうだろう。少しずつ調整して、ずれが大きくならないように、幕府の天文方《てんもんかた》が計測に四苦八苦しておるのだ。だから、大の月と小の月があるではないか」

「調整しているのですか」

「そうだ。暦がずれて、冬に田植えをするわけにはいかないし、正月に蛍狩りは剣《けん》呑《のん》であろう」

新吉が無邪気に頰を緩めた。数馬が続ける。

「八代様《はちだい》（吉宗《よしむね》）の御世《みよ》に、西洋風の暦に変えようという試みがあった。結局、通らなかったがな」

「おいらの行った異界の時も、西洋のように違う刻みだったのでしょうか。それとも、そもそも、異界には、時などないのでしょうか」

新吉は、そのときのことを思い出したのか、身をすくめた。よどんだ空気、音のない世界。巣鴨であって巣鴨でない空間。その異界では、時さえ刻まれていなかったかのように、新吉には思われたのかもしれない。

「おっかさんは、あんな気味の悪い世界に行っちまったのでしょうか」

数馬が太い眉を寄せ、視線を虚空に泳がせる。

「新吉、その夕暮れの異界の空に、一番星が明るく光っていた、と言ったか」

「はい。そうです」

「どのあたりに光っていたか、憶えているか？　目印になるような、屋敷か、火の見櫓《やぐら》か何かがなかったか？」

「ございました。ちょうど、真正寺《しんしょうじ》の真上に」

「巣鴨町だったかな、前の住まいは」

「はい」

「ふうむ、真正寺。新吉、おまえが熱を出した日付はわかるか？」

「はい、憶えております。おいら、滅多に熱なんか出しませんから」

新吉から日時を聞くと、数馬は懐手をして言った。

「うむ。わかってきたぞ。異界の正体が」

五

今宵は遅くなるかもしれぬゆえ、戸締りをよくするように、と奈緒に言い置いて、数馬は浅草橋を渡った。

日暮れにはまだ間があるが、どんより曇った空のせいで、何刻《なんどき》かもわからないほどあたりは暗い。

こいつはどうやら、一雨来るかもしれぬ、と数馬は空を振りあおいだ。

町屋の低い屋根の向こうに、ひょっこりと小高い丘が現れる。幕府天文方の天文屋敷、測量台である。柵囲いの中には、いくつかの小屋があり、簡天儀《かんてんぎ》や象限儀《しょうげんぎ》など、天文観測の道具がある。ここでの観測、計算を元に、暦が作られる。

数馬は、ちんまりした小屋根を左手に見ながら、一軒の蕎麦屋の暖簾《のれん》をくぐった。

「おいでなさいまし」

紺の前垂れで忙しく手を拭きながら、蕎麦屋、月草庵《つきくさあん》の女将《おかみ》が姿を現した。

「奥は空いているか？」

「はい。どうぞお通りなさいまし」

女将のいとは、調理場で蕎麦をゆでる夫の駒平《こまへい》にちらりと目配せをすると、数馬の先に立っていった。

抜けるように色が白い、四十年配の色っぽい女将である。年相応の皺《しわ》が目尻や首筋に見られるが、艶《つや》っぽい瞳だけは年を取らないらしく、黒々と濡れている。

月草庵は、数馬がときどき、ふらりと立ち寄る馴染《なじ》みの蕎麦屋である。うなぎの寝床のような細長い造りの奥座敷まで行くと、往来から遠いため、静かで話がしやすい。

数馬が初めて月草庵を訪れたのは、町屋住まいになってまもなくのことであった。母に伴われて、奈緒と三人で紺地の暖簾をくぐった。女将のいとと母は旧知の間柄のようで、女将はひかえめに細やかな心配りをしてくれた。

以来、母が亡くなってからも、数馬は何かにつけて月草庵に立ち寄る。いとは、いつも変わらぬたたずまいで数馬を迎えてくれる。

「おっつけ連れが参るゆえ、それまで、酒と何か適当に持ってきてくれ」

「かしこまりました」

ほどなく足音が聞こえ、女将に案内されて、羽織袴姿の恰幅のいい武士が現れた。

大柄な数馬より少し背が低く、そのぶん横に肥えている。頰は二つの大福もちをくっつけたように丸々として、細い目と団子っ鼻が埋まっている。お世辞にも美形《さか》とは言いがたいが、眼光は鋭い。お役目の帰りなのだろう。風呂敷包みを抱え、月代《やき》に汗を浮かべている。

「来たか、佑高《すけたか》」

武士の姿を認めた途端、数馬の顔が無邪気に笑み崩れる。

「すまんすまん。数馬、待たせたか」

佑高と呼ばれた武士のほうも、難しげな表情をひっこめて、人の好《よ》さそうな笑顔になった。

「いいや。おれも今来たところだ」

「そうか。よかった。では、女将、蕎麦をもらおうか」

「はい」

色っぽい流し目を残して、女将の足音が遠ざかっていった。

「まずは一献《いっこん》」

「かたじけない」

二人は笑みを交わすと、杯を干した。

武士は土田《つちだ》佑高。幕府天文方見習い、すなわち天文方の補佐として、暦作りに関わっている。数馬が道々眺めてきた、天文屋敷、測量台が、佑高の仕事場である。

佑高と数馬は、少年の頃、同じ道場で剣を学び、同じ塾で学問を修めた。

幼い頃から背が低くぽってり太った体格の佑高は、剣こそ得手ではなかったが、学問に秀で、数馬と首席を争った。部屋住みのとき、明晰な頭脳と真面目な人柄を請われ、天文方の土田家に婿入りしたのだ。

「また肥えたか」

数馬が杯で佑高を指す。

「年を取ると、水を飲んでも太るわ」

「何を。同い年ではないか」

「おぬしは太らぬか。生活が苦しいためであろう。可哀相に」

「おおっ、言ったな？　あいにく、おれは、立派な先生だという評判が富士の山より高くてな、手習い子が集まって集まって、困っているのだ」

「まあ、まあ、そんなに強がるな」

「強がってなどおらん」

数馬が差し出すちろりを、佑高が押しとどめる。

「いや、今日はいかんのだ。勘弁してくれ」

「何だと？　下戸《げこ》にでもなったのか？　それとも、山の神がうるさいか？」

「実は、お役目が忙しいのだ。今日も、ほれ、こうして仕事をたっぷり持っておる」

佑高が風呂敷包みを掲げてみせた。

「そんなもの、持ち歩いてよいのか？」

「仕方あるまい。終わらないのだ」

「飲もうと誘ったのは、おまえのほうではないか」

残念そうに数馬が手酌でぐいとやる。

「見習いは、どこでもこき使われる」

佑高は、杯の代わりに箸を持った。

一瞬、数馬の杯を持つ手が止まり、大きな瞳が佑高に据えられる。

「そうか、改暦《かいれき》か」

数馬の声が、心持ち抑えられている。

改暦は、日月蝕《にちげつしょく》などの天象《てんしょう》と暦の予報とがずれてくると実施される、暦の調整である。改暦の発議から施行までは何年もかかり、天文方の一番忙しい時期であった。

「いかにも」

佑高が、茶漬けでもすするように小鉢を抱え、わかめの酢味噌和えを箸でかき込んでうなずいた。

「それは大儀なことだ」

時は天保《てんぽう》。飢饉《ききん》があり、天変地異があり、世情が不安に包まれる折、幕府の引き締め政策は厳しくなるばかりである。

改革の嵐が吹き荒れる中での改暦の作業は、苦労を伴うはずだった。その嵐の只中に佑高はいるのである。

「数馬、相変わらず夜は暗界に遊んでいるか」

「おお」

二人は顔を見合わせた。

お互いの瞳に映るのは、手習い師匠と天文方見習いではなく、元服前の、薔薇色の頬をした少年の面影だった。

「あの頃は、よく一緒に星を見たな」

佑高がなつかしそうに目を細める。

「そうだ。佑高の屋敷の屋根より、うちのほうが五、六寸は高いといって、いつも吉井の屋敷で星を見たものだ。おまえ、うちの屋根から足を踏み外して、転げ落ちたことがあったな」

「恐ろしかった」

「よく死ななかったものだ」

「伊達《だて》に太ってはおらん」

あっはっはっは、と数馬が大口を開けて笑った。

ただ夜の空を眺めるだけでは飽き足らなくなった少年二人は、暗界、すなわち大いなる宇宙に興味を持ち、片っ端から天文に関する本を読んだ。手作りの粗末な道具を使った観測と計測を繰り返し、月や星々の運行を確かめるのが二人の楽しみであった。

「数馬には、いろいろ教わった」

「何を申す。おれこそ、面倒な計算はおまえにばかりやらせた」

「おれはそういうのが好きなのだ。数馬のひらめきにはかなわん。今のおれがあるのは、数馬のおかげだと思っている」

「何を、水くさいな」

「本当だ。愚図なおれの能力を引き出してくれたのは、数馬だ。あのことさえなければ、世襲の天文方から婿にと望まれるのは、数馬のほうだった……」

「やめろ、佑高。酒がまずくなる」

あのこととは、吉井の家がなくなるきっかけとなった火事である。当時は、付火《つけび》の疑いもささやかれ、吟味が行われたが、結局原因は不明。御上は吉井家にお咎めを下すことで、かろうじて面目を保ったような次第である。

数馬は勢いよく杯をあおった。

「佑高、おまえだから言うが、おれは、今の暮らしが身の丈に合っていると思うのだ。町屋の暮らしは気楽でよい。強がりではないぞ。手習い子からの束脩は、飯の足しにもならんが、ありがたいことに、おれの講義に金を払おうという塾もいくつかはある。だからこうして何にも邪魔されることなく、好きな学問に没頭できるのだ。おれのことはもういい。おまえはおまえだ。幕府天文方、ぴったりのお役目ではないか。おれは友として、おまえを誇りに思うぞ」

「実はな、数馬……」

「お待たせいたしました」

佑高が口を開いたとき、するりと襖が開いて、女将が蕎麦を運んできた。

二人は口をつぐんだ。

女将の足音が遠のき、佑高が先に箸を取った。

蕎麦をたぐる佑高に数馬が訊いた。

「天文方のどなたかが、もう都に立たれたか？」

暦は元々、京の陰陽寮《おんみようりよう》の管轄《かんかつ》であった。世に名高い安倍晴明《あべのせいめい》を祖とする陰陽《おんみよう》師《じ》の仕事だったのだ。その後、幕府主導で貞享《じようきよう》の改暦がなされ、暦の仕事が幕府の天文方の管轄となってからも、過去二回の改暦の際、幕府天文方が京に上り、土《つち》御門家《みかどけ》の天文生という立場で観測を実施、暦法と天象が一致することを確かめ、お墨つきをもらってからの施行となるのが通例であった。暦に関しては、昔からずっと、京が実権を握ってきたのである。

「うむ、それが、こたびばかりは、都へは行かずに、改暦を行うことになりそうだったのだが……」

「そうなのか？」

思わず数馬は身を乗り出した。

大宝律令《たいほうりつりょう》の昔から、連綿と続いた暦の歴史だが、徳川《とくせん》の世も下るに従い、西洋天文学に対する信頼がにわかに高まっていた。従って、今回の改暦は、西洋天文学に基づいて行うよう、幕命が下っていた。幕府天文方は、西洋天文学に関しては、京の意向をうかがう必要はないとみなしたのだ。

「それでは、土御門家が黙ってはおるまい」

数馬が眉を曇らせる。

「その通り。古来、暦のことは、京がすべてその手に握ってきたのだからな。それを突然、後はこちらでやるから、と勝手なことを言っても通るはずがない」

「……で、どうなるのだ？」

「形式上、京へ行くことになろうが、あちらは、面白くないだろうな」

一気に蕎麦をすすりこむと、佑高が言った。

「実は、数馬。今日、おまえを呼んだのはほかでもない。そのことなのだ」

「改暦とおれと何の関係があるのだ？　面倒な計算など、おまえのほうが得手《えて》ではないか」

数馬の笑みに対して、佑高は顔を強張らせる。

「京のある筋が、人を捜しているという噂を耳にした」

数馬は表情を引きしめ、黙って親友の言葉を聞いた。

「今から二十年以上前のことだ。ゆえあって、公家《くげ》の赤ん坊が、密かに江戸の武士の家にもらわれることになった。健《すこ》やかな男子であったという」

「うむ」

「その子はすくすくと育ち、武芸に秀で、天文方に匹敵するほど天文にも詳しい学者に成長したが、不遇にも町屋の片隅に埋もれておる。京のあるお方が、その男を捜しあてた。身辺を調査した上で京に招き、願わくは、幕府天文方に対抗する一派の中心に据えたいと思っているというのだ」

数馬がふっと片頰で笑う。

「まさか、その赤子がおれのことだと？」

「もらい子が呼び水となって子が授かることは、よくあるではないか。数馬、おまえが密かに吉井の養子となり、その後に、奈緒どのが生まれた。そうではなかったのか？　ご両親から何も聞かされていないのか？」

数馬の瞼《まぶた》の裏に、謹厳実直を絵に描いたような父と、厳しくも優しい母の姿が浮かんで消えた。

「何？」

「人違いであろう」

「おれの両親は、吉井の父母だけだ」

杯を満たす数馬に、佑高は言い募った。

「……わかった。それで構わん。しかしな、数馬。どうやら、おまえの身辺を調べに来る者があると聞く。もしくは、力ずくでも……」

「近頃のお公家さんは荒っぽいのう」

数馬は不敵に微笑んだ。

「御政道においても、京は何度も煮え湯を飲まされておる。もう我慢ならんというのが本音であろう。暦合戦だ。そんなことに、おまえが巻き込まれてはならん。用心せい。言いたいことは、それだけだ」

多忙にもかかわらず、佑高は数馬の身を案じて、そのことを伝えに来たのだ。

「かたじけない」

「いいさ。しかし、わかっているると思うが、このことは誰にも言うな……奈緒どのにも」

奈緒の名を口にした友が、大福のような頬を赤らめるのを、数馬は見逃さなかった。この気のいい秀才が、ずっと昔から、奈緒を思い続けてきたことを数馬は知っていた。その気持ちを、とうとう一度も口に出すことがなかったことも。

「奈緒は息災だ。縁談の一つとてないが」

親友の一番訊《き》きたかったことを、数馬は先回りして伝えてやった。

「そうか」

わざと気のないそぶりで答える佑高は、安心したような、それでいて心配そうな複雑な面持ちだった。

「嫁には……行かぬのか？」

「行かぬ。行きたくないと申すのだ」

「い、行きたくないと言うからといって、そ、そのままにしておくわけにも、いくまい。兄のおまえが、どうにかしてやらなければ」

佑高は唾を飛ばして意見する。苦笑いで数馬は受ける。

「しかし、場末の手習い師匠に良い縁談が舞い込むわけもないではないか。おまえこそ、身分のある身、気にかけておいてくれ」

「わかった」

佑高は口を尖らせ、仏頂面でうなずいた。

この内気な友は、初恋の女に縁談を持ってくることなど、きっとできないだろう、と数馬は思った。

六

闇夜であった。

蕎麦屋の女将に持たされたちょうちんの灯りだけを頼りに、数馬は橋を渡った。

途中、顔馴染みの木戸番の爺さんに挨拶をすると、

「先生、急病人ですかい？」

と訊かれた。爺さんは、何度説明しても数馬を医者と間違える。いつも医者の長寿庵と連れ立っているせいかもしれない。

ぴしゃり。

雨か？

かすかな物音に数馬は振り返った。と、天水桶《てんすいおけ》の向こうですばやく動く影を見た。数馬は夜目がきく。

つけられている。

佑高から話を聞いたばかりだった。

ご苦労なことだ。このような世捨て人一人のために、こそこそと。

数馬は闇の中でふっと笑った。

数馬が早足になると、ひたひたと後方の気配も早くなる。刀など抜く気はなかった。奈緒の白い顔が脳裏を横切る。

面倒を避けること、それが一番だ。

数馬は落ち着いた足取りで、ちょうど幽霊騒ぎのあった土手の前の路地へ入り、一軒の家の裏へ回った。

「長さん、長さん、おれだ、開けてくれ」

「誰だ？」

くぐもった声が返ってくる。医者の長寿庵だ。

「おれだ。数馬だ。開けてくれ、追われている」

「合言葉を言え」

「そんな悠長な。早く開けろ」

「えーと、だな、今、算題を出す。それが解ければ、おまえが数馬だと認めよう。えー……」

「追われていると申しておろう！　殺されたら化けて出るぞ！」

それでやっと裏口が開いた。

「おお、数馬。何事じゃ」

禿頭が闇夜に浮き上がる。

数馬の頭は剃髪《ていはつ》だが、長寿庵のは自前の禿《はげ》だ。還暦《かんれき》間近の老医師は、長い白鬚をたくわえたしゃくれた顎をのんびりと突き出した。

「長さん、あれを貸せ。賊をおどす」

数馬が狭い戸口から中に滑り込んだ。長寿庵が顎鬚をしごきながら、ねちっこい口調で答える。

「おどす、だとぉ？　追われているのではないのか？　おぬしも武士なら、堂々と刀を抜けぃ」

「腕に覚えはあるが、いかい面倒だ」

長寿庵が、しぶしぶ木箱を持ってきた。

「丁寧に扱え。壊したら承知せんぞ」

数馬は木箱から取り出した物を、長寿庵宅の裏口に据えた。

闇の中。二人は大きな二匹の猫のように、物音を立てずに素早く動き回る。

「長さん、火を」

「もう用意しておる！」

ぼう、と松明《たいまつ》が燃えた。

闇夜の松明はまるで火の玉のようだ。

そのとたん、武家屋敷の白壁に、ゆらりゆらり、揺れ動く女の顔が、薄ぼんやりと浮かび上がった。

「ひいいーっ！」

数馬と長寿庵は悲鳴を聞いた。

腰を抜かした男が、土手に転がっている。

長寿庵が嬉々として駆けつけ、男の腕を後手にひねりあげた。

「賊めぃ！　神妙にお縄につけぃ！」

「長さん！　手荒はやめろ！」

「うはは。一度やってみたかったのじゃ。おい、面《つら》ぁ見せろ！」

長寿庵が荒々しく突きつけた松明に照らし出されたのは、佐太郎の蒼白な横顔であった。

「これは、幻灯機《げんとうき》ではないですか？」

長寿庵宅の粗末な座敷に落ち着いた佐太郎は、数馬が抱え込んだ物を見て、目を丸くした。

「そのとおり。使い勝手のよいように少し手を加えてありますが。よく御存知ですな」

「ええ、そりゃ、もちろん……」

言いかけて、佐太郎は口をつぐんだ。

長寿庵の診療所兼居宅である。元より狭い侘《わ》び住まい。畳にも壁にも薬湯《やくとう》の匂いが染みついている。男やもめに蛆《うじ》がわくとはよく言ったものだが、この家はさすがに医者の住まいらしく、こざっぱりと片づいている。

佐太郎が辛そうに腕をさする。

「怪我は？」

「いいえ。しかし、こうもやすやすと捕らわれるとは……」

そう言って苦笑しつつ、言葉をにごす佐太郎の目つきは、とても一介の指物師のものではなかった。

「あの藪《やぶ》医者は、ああ見えてなかなかの手だれ。お気をつけなさい」

もう遅い、と言わんばかりに、佐太郎がうらめしそうに数馬を見上げる。

膝を突き合わせている数馬と佐太郎のもとへ、長寿庵が、しずしずと湯呑みを運んできた。

「粗茶じゃが」

喉が渇いていたのだろう。佐太郎は、勢いよく一口飲んで、「うっ」と顔を歪《ゆが》ませた。

「に、苦い」

「毒じゃ」

「えっ？」

佐太郎が口を押さえて、目を白黒させる。

「わははは。良薬も毒になるというたとえじゃ。心の臓を止める……ではなく、落ち着かせる薬じゃ。安心して飲みなさい」

佐太郎は、助けを求めるように数馬を見つめる。

「心配御無用。藪医者だが、人は殺さぬ」

佐太郎の喉が、ごくりと鳴った。

数馬が抱え込んでいた幻灯機を、今度は長寿庵が、大事そうに木箱にしまってい
た。

「幽霊騒ぎは、先生たちの仕業だったのですね……」

佐太郎がぽつりと言った。

すると、長寿庵がここぞとばかりにまくしたてた。

「数馬が悪いんじゃ。わしが上方《かみがた》から特別に手に入れたこの幻灯機で、初めは襖や障子に絵を映して遊んでおった。子供向けの錦影絵《にしきかげえ》ではないぞ。なかなか際どい大人向けじゃ。美人絵やら、笑い絵（春画）のすごいやつやら。松明を使うのを思いついたのは、わしじゃ。絵がゆらゆら揺れてのう。女子《おなご》のあれが、それその……いや、とにかく、わしはそれでよかったのに、こやつが、『一度でいいから、もっと大きなところに映してみたい。たとえば、武家屋敷の白壁とか……』と言い出しおった」

「長さんだって、乗り気だったではないか。やろうやろうと」

幻灯機は滅多に庶民の手に入るものではない。かくて、恰好の玩具を手に入れた数馬と長寿庵は、闇夜に柳原土手へと繰り出した。

「松明では、さすがに、はっきりとは映らない。ちょうど松の木の下あたりに、女の顔の幻灯がぼんやりと映ったという次第だ」

運悪く、そこへ法事帰りの夫婦が通りかかり、幽霊騒ぎになった。

「おどろかせるつもりはなかったのだ。みなが勝手に怖がったのだ。正直に申し出るわけにもいかぬ」

いたずらを咎《とが》められた子供のように、数馬は悄然《しょうぜん》とした。

「こちらも白状したのだ。佐太郎どの、そろそろ教えてもらおうか。なぜ、わたしをつけていたのだ？」

佐太郎は、まずそうに、しかし、すっかり湯呑みの中の薬湯を飲み干してしまうと、打ち明けた。

「これは、父からの依頼なのです」

「お父上の？」

「わたくしの父は、大坂の薬種《やくしゅ》問屋です。商人でありながら、若い頃から、本草学《ほんぞうがく》はもちろん、物ごとの理《ことわり》を探るのが好きでした。性分なのでしょうな。先生たちやわたくしのように」

　数馬と長寿庵が顔を見合わせる。

「父の影響で、わたくしも、小さい頃から天文や蘭学《らんがく》に興味を持ちまして、短い期間ですが、長崎にも行かせてもらったことがございます。父もわたくしも、からくりが好きで、人形や模型を、自分たちで工夫したりすることも楽しみでございました。からくりを見ると黙っていられない」

「それで、お菊の修理に思わず手が出ましたか」

　数馬の言葉に、佐太郎は微笑んで否定しなかった。

「わたくしは、兄と二人で江戸の出店《でだな》を切り盛りしております。ところで、先日、上方の父から早飛脚《はやびきやく》で文が届きました。何やら難しい筋からの頼みごとで、他言無用とのことでした。それが、神田の手習い師匠、吉井数馬先生の身辺を探ることだったのです。父の話では、先生は若いに似合わずなかなかの学者で、捨て置くには惜しい傑物《けつぶつ》だと……」

「ほほう、高名《こうみよう》世にとどろいておるな、数馬」

　長寿庵が大げさに驚いてみせる。

「わたくしは、新吉と住んでいた巣鴨の家を人に貸し、神田に長屋を借りました。

手習い師匠を探るには、手習い子になるのが近道と、新吉を入門させたのです。新吉とは、大きなお店《たな》の商人の子は入門させてくれないから、指物師の子ということにしておくよう口裏を合わせました」

数馬は苦笑した。

「子供に嘘はいけないが、確かに、うちの手習い子に大店の子はいないから、ある意味、正解だ」

佐太郎は畳に両手をつくと、数馬に深々と頭を下げた。

「御無礼の数々、申し訳ございませんでした。しかし、こうしてわたくしが先生を密かに見張るようになったのは、先生を傷つけようというのではございません。幕府天文方にも匹敵するような知識をお持ちの先生が、このようなところで逼塞《ひっそく》なさっていることを不憫《ふびん》に思い、先生のお力をお借りしたいと思《おぼ》し召すお方のためでございます」

「そのお方は……どうやら、わたしが、どなたかの落《お》とし胤《だね》だとお思いのようだが？」

数馬は、佑高の話を思い出してそう言った。

「はい。さすが、御慧眼《けいがん》」

佐太郎がうなずく。

「このたびの改暦にあたり、幕府が京を軽んじていることは間違いございません。そこで、京のさる筋が対抗策として考えたのが、優秀な学者を集めることです。今後、堂々と幕府から暦づくりの実権を京へ取り戻すためでございます。とはいえ、あちらの方々は、武家以上に血筋を大事になさいます。公家の血を引く優れた学者がそうごろごろしているはずはない。江戸に住まい、幕府天文方にも通ずるお方となれば尚更です。ところが、そんな都合のいいお方がいらっしゃったのです。そのお方の調査をし、ゆくゆくは京にお連れするようにと、それが父からの言いつけでございます」

「暦合戦か……」

「はっ？」

「ありがたいお言葉ではあるが、人違いではないかと思う」

すると、数馬がそう答えるのを見越していたかのように、佐太郎はよどみなく続けて言った。

「御無礼を承知でお願いいたします。お身体を検《あらた》めさせていただきたい。その方の腰骨の位置に、火傷《やけど》の痕《あと》があるはずでございます」

「火傷？　そんなものはない」

数馬は笑って取りあわない。

「いいえ、あるはずです。先生のやんごとなきお血筋の御生母様は、いつかめぐりあう日を信じて、赤ん坊の腰に、あるしるしの火傷を負わせました。小さいけれど痕は残っているはず。お見せいただきたい。左の腰のあたりに……」

躊躇《ためら》う必要もなかった。数馬は帯を解き、半裸になった。

火傷の痕などどこにもない。佐太郎の顔がみるみる青ざめた。

「ない……そんな馬鹿な。確かに事前の探索は怠りなかった。吉井家の男子こそが、その人であるはず……」

「生前の母から、死んだ子があると聞きました。おそらく、それがその赤ん坊だったのでござろう。佐太郎どの、お父上にお伝え願いたい。吉井数馬は、ただの天文好きの浪人。家と禄を失った貧乏な手習い師匠でした、と」

「まさか、そんな……信じられない……」

佐太郎がきつく唇を噛んだ。

よっこらしょ、と長寿庵が立ち上がる。

「元気の出る薬湯が必要じゃな」

盆を持って、よたよたと長寿庵は台所へ消えた。

呆然とする佐太郎に向かって、数馬が思い出したようにつぶやいた。

「そういえば新吉がわたしのところへ来た。熱に浮かされて、異界で母親の幽霊を見たと」

「異界で？　母親の……幽霊ですか？　それはいったい、どういうことでしょう」

怪訝《けげん》な顔をする佐太郎を見返して、数馬は続けた。

「子供が高熱を出すと、いっとき耳が聞こえなくなることがある。そのときの新吉は、きっとそういう状態だったのであろう。ゆえに、住み慣れた巣鴨の町に全く音がなく、地鳴りのような音だけが聞こえ続けた。耳鳴りだ。新吉は耳鳴りが自分の耳の中で鳴っているということがわからなかったのであろう。慌ててしまった新吉は、そこを異界だと思い込む。けれど、それは間違いだった。手がかりは一番星にござった」

佐太郎が不思議そうに数馬を見つめた。

「わたしは天文観測が大好きでしてな。粗末な計器で月や星の運行を観測しております。新吉が熱を出したその日、真正寺の真上に一番星が光っていた。曇りの日にもかかわらず、その星だけがよく見えたという。それで、仮説をたてて調べたところ、新吉の見たのは、金星ではないかという結論にたどりついた。しかし、一つおかしなことがある。金星というのは、ある時期にある軌道を通って姿を現すのであるが、金星が見えるのは、日没時と夜明け前。そして、新吉が見たという日、金星は、夜明け前に見えていたはずなのだ。日暮れどきではなく」

佐太郎が「あっ」とつぶやいた。

「熱に浮かされ眠り続けた新吉は、目覚めたとき、夜明けと日暮れを取り違えたのだ。実は、わたしにも経験がある。幼い頃熱を出して、夜も昼もなく眠り続け、目を覚ましたら、薄暗い。腹が空いていて、あわてて起き出し、『母上、夕餉はまだでしょうか?』とやったら、寝ぼけ眼《まなこ》の母親が、『まだ夜明け前ですよ』と、笑いながらおかゆを炊《た》いてくれた。新吉が目を覚ましたのも、夕暮れではなく、夜明け前だったのであろう。だから、町は静かで、人影もなく、まるで異界のようだった。魚河岸でも近ければ案外賑やかでもあったろうが、そうではないし、そもそも熱のせいで新吉の耳は聞こえない。だからてっきり、新吉は、夜明け前の見慣れない巣鴨の町を異界だと思い込んだのであろう。そして、母親の幽霊を見、耳鳴りの治まった耳で、母親の声を聞いた」

数馬は佐太郎をじっと見つめて言った。

「其方《そのほう》、亡くなったおみつどのを忘れられぬのであろう？　それで、おみつどのに似せた人形を作られたのか？」

佐太郎が、はっとして顔を上げた。

「からくりならお手のもの。顔は人形師に頼めばいいし、おみつどのの形見の浴衣を着せて、遠目で薄暗がりなら本物そっくりに見えたであろう。新吉は、其方が密かに動かしていたおみつどのの人形を盗み見て、動転したのであろう」

佐太郎は、消え入るように身を縮めた。

「お恥ずかしいことです。ご迷惑をおかけしました。夜明け前ならば人目もなく、おみつの人形とともに過ごすことができたのです。まさか、新吉に見られていたとは……」

「ただ、わからぬのは、人形はしゃべらない。しかし、新吉は、おみつどののか細い声を聞いたと言うのだ。はっきりと、寿限無、と言ったと……」

「寿限無？」

佐太郎が首をひねる。

「じゅげむ……」

もう一度つぶやいて、佐太郎が、はたと膝を打った。口元に微笑が浮かび、青ざめていた顔がみるみる赤くなる。

「心当たりが?」

「はい……」

佐太郎は、なんともばつが悪そうに鬢のあたりをさかんに掻くと、とうとう口を開いた。

「か細い声とは、わたくしでございます。おみつを想い、泣いておりました。まるで女のように……」

「寿限無と?　無病長寿祈願のまじないか?」

「そうではありません」

照れたように佐太郎が打ち消した。

「長崎に遊学していた頃のことです。わたくしは、蘭通詞《つうじ》と知り合いました。見習いではありましたが、よく勉強している男で、阿蘭陀《おらんだ》語だけでなく、いろいろな西洋の言葉に詳しかった。わたくしたちはまだ若かったので、すぐに親しくなりました。宴席で杯を重ねるうちに、わたくしは、たわむれに訊きました。一番美しい口説き文句とは何だろうか、と。そのとき教えられたのが、ジュテムでした」

「ジュテム?」

「仏蘭西《ふらんす》語だそうです。惚《ほ》れている、とか、大切に思う、という意味だそうで、親子や兄弟の間でも仏蘭西人は使うのだそうです」

「ジュテム……」

「わたくしは、おみつにこの言葉を教えてやりました。西洋の言葉を珍しがって、わたくしどもは二人だけのとき使っていたのです」

「ジュテムが、寿限無か……」

新吉は仏蘭西語などわからない。数少ない語彙《ごい》の中から、ありったけの言葉の切れ端を寄せ集め、じゅげむを当てたのだろう。

佐太郎が、もじもじと肩をすぼめて数馬に訊いた。

「おみつに似せたからくり人形のことを、新吉に言わなくてはならないでしょうか……」

「天文の知識のためにも、夕暮れではなく、日の出前だったことは教えてやろうと思う。耳鳴りのことも。しかし、人形のことは、黙っていても差し支えないであろう。異界でなくても、幽霊はあらわれる」

「ありがとうございます」

頭を下げる佐太郎に、数馬は声をひそめてつけ加えた。

「その代わり、幻灯機のお化け騒ぎの件は内密にお頼み申す」

佐太郎と数馬は盟約を交わし、笑顔でうなずきあった。

七

ざっ、という水音に驚いて、蟬の声がいっせいにやんだ。

ぎらぎらと焼けつくような陽射しが西に傾く、蒸し暑い夏の夕暮れどきだった。

行水《ぎょうずい》を使った奈緒が、手早く浴衣を肩に羽織る。

水を弾く滑らかな裸体の腰骨のあたり、白い肌に、そこだけ赤黒く引きつれたような痣《あざ》がある。

火傷の痕だと母親は言っていた。まだ奈緒が赤ん坊の頃、火箸が間違って当たってしまったのだと。

だが、奈緒はうすうす気づいていた。花びらのような丸い複雑な模様が、単なる火箸の痕ではなく、何かのしるしであるということを。

奈緒は知っている。

兄が生まれて間もなく、自分がどこからか貰われてきたということを。この痣が、何かの刻印なのかもしれないということを。

赤子の頃の奈緒は、不思議なことに女子でありながら、男の子の特徴をも備えていたのだそうだ。その男子の兆《きざ》しは、成長するに従って小さくなり、奈緒の身体は女性に近づいていった。

あらゆる生物、植物に、そういう例はあるのだと兄から聞いた。

両性具有《ふたなり》という言葉を、どこからか聞きかじって己の身体に当てはめた奈緒に、兄は、断じて違うと言い切った。

奈緒の身体は、生まれて大人の女になるまでに、ちょっと寄り道をしただけだ、と。

父も母も、奈緒の先行きを案じたが、数馬だけがきっぱりと言い切った。

「奈緒は一生、わたしが面倒をみますから、心配御無用」

今、奈緒の身体は女性にしか見えない。

しかし、奈緒は不安でたまらない。己の身体の隅々を、ほかの女と比べたことなどないのだ。どこかがおかしいのかもしれない。けれど、それは奈緒にはわからない。

嫁入りを奈緒はあきらめた。子が産めるかどうかもわからないのだ。

数馬が妻帯しないのは自分のせいなのかどうか、奈緒にはわからない。兄のお荷物になっているのだとしたら悲しい。しかし、奈緒にとって、数馬ほど心を許せる相手はほかにいない。

たとえ兄妹《きょうだい》であっても……。

身支度を終えた奈緒は、人の気配を感じて振りむいた。

いつの間にか、縁側に胡坐《あぐら》をかいて煙管《キセル》を手にしていた数馬が、何かぽつりとつぶやいた。

「兄上、何かおっしゃいましたか」

数馬はまぶしそうに空を見上げると、勢いよく煙を吐き出した。

「いや、ちょっと、おまえとわたしの長寿を願っていただけだ」

「長寿ですか」

奈緒が昼顔の花が咲くように笑った。

「そう、長寿のまじないだ」

数馬がふっと笑って、もう一度つぶやいた。

「ジュテム」

「まるで異国の言葉のようですね」

「そうか？」

「はい。なんだかきれいな響きです。初めて聞きました」

「そうか」

奈緒は、水を浴びたばかりの肌がひどく火照《ほて》るのを感じた。

ジュテム、ジュテム。

まじないのような兄の言葉が、なぜかまとわりついてくる。

「言葉というのは不思議でございますね」

「うむ」

白玉売りの声がする。

兄と妹は寄りそって空を見上げた。

天空の彼方《かなた》に、あたかも別の世界が広がっているかのように。

だんまり

近藤史恵

伴蔵《ともぞう》はいつも思う。なぜ、売り掛けを集めるのが晦日《みそか》なのだろうと。

十五日あたりに集めるのが決まりなら、夜になっても満月で道は明るいだろう。そりゃあ曇りの日も雨の日もあるが、そんなときは集金を翌日にすればいい。翌日になったって、お月様はちょっぴり欠けるだけで、夜の明るさは変わらない。

さっき、角で蹴躓《けつまず》いて、提灯《ちょうちん》の灯《あか》りを消してしまった。晦日の夜は晴れてたって、真っ暗だ。鼻先に人がいたってわかりゃあしない。

得意先に戻って、火をつけてもらおうかと迷ったが、店まではあと少しだ。暗くても平気だろうと先を急ぐことに決めたのだ。

引き戸の隙間から漏《も》れる灯《ひ》やら、すれ違う人の提灯を頼りに歩いてきたが、角を曲がったとたん、不安になるほどの暗闇に包まれた。

物陰に、だれかが潜《ひそ》んでいてもわからない。そう考えてしまった瞬間、足がすくんだ。

少し前に、御店《おたな》のご新造《しんぞ》のお供で見た、芝居のだんまりを思い出す。

刀を持った悪人が、町人の持つ御朱印《ごしゅいん》を狙って、暗闇の中で町人をつかまえようと手探りで追いかけるのだ。

町人の方はなにも気づかず、ただ暗がりの中をひょこひょこ歩いている。それでも、うまく悪人の手をすり抜けたり、悪人が刀を振り上げた瞬間に石に蹴躓いたりで、うまく逃げおおせるのだ。

だが、現実はあれほどうまくいくはずがない。

たぶん、伴蔵など、首根っこをつかまれてばっさりと袈裟懸《けさが》けに斬られてしまうだろう。どこぞの家宝の御朱印は持っていなくても、売り掛けの金はたんまり懐に入っている。

そう思うと、身体《からだ》が凍り付いたように動かなくなる。

よろよろと手探りで先に進んだが、風が鳴る音ですら、何者かの気配に思えてならない。

通りの向こうの方に、ほんのりと見える灯りだけを頼りに歩く。

あそこまでたどり着けば、家の人に声をかけて灯りをつけてもらおう。

そう思うと、やっと気持ちが落ち着いてきて、歩みを速めたときだった。

目の前になにかがぬっと差し出されて、息を呑む。

ぎらりと冷たい輝きは、間違いなく刃《やいば》だった。

「四件目か……」

南町奉行同心《どうしん》の玉島千蔭《たましまちかげ》は険《けわ》しい顔でそうつぶやいた。

先ほど、自身番が事件が起きたことを知らせにきた。前の月から、同じようなことばかり起こっている。さすがに見過ごしにするわけにはいかない。

「襲われたのは北大門町《きただいもんちょう》の井筒屋《いづつや》の手代《てだい》だな」

「伴蔵という男だそうです」

八十吉《やそきち》はそう答えた。

月が変わり、今日からは南町の当番月だ。これまでの三件の事件は北町の担当だが、昨夜の事件は千蔭が検《あらた》めなくてはならない。

だが、これまでの事件とまったく関係がないはずはない。

ただの人斬りや物盗りではない。最初にその噂を聞いたときは、八十吉も驚いた。からかわれているのかと思ったほどだ。

これまでに三人が襲われたが、襲ったのは誰だかまだわからない。北町の同心たちも、どうしたものかと困惑していたようだ。

そして、昨夜四人目が襲われた。

「どうしますか？」

八十吉がそう問いかけると、千蔭は文机《ふづくえ》の前から立ち上がった。

「どうするもこうするも、放っておくわけにはいかないだろう」

「誰が斬られたわけでもなく、なにも盗られていないのに、ですか？」

そう。この事件が妙なのはそこのところだ。

狙われるのは夜更けにひとり歩いている者だ。首根っこをつかんで、引き留められたかと思うと、目の前に脇差しが突きつけられる。

ひっと息を詰めてなにも言えなかったか、悲鳴を上げたかは知らない。髷《まげ》をつかまれ、元結《もとゆい》からすっぱり切り落とされる。だが、事件はそれで終わりだ。刃を目の前に突きつけた男は、それだけでなにもせずに後ずさり、その場から逃げ出してしまうというのだ。

あまりにも妙だ。北町も最初は、訴えてきた男が酔っていたせいだと考えたらしい。髷は自分で切ったのだろう、と。

だが、十日も経《た》たない間に似たような事件が起こった。

次に襲われたのは、浪人だった。路地の間からにゅっと伸びた手に帯をつかまれ、地べたに押さえ込まれた。腰のものに手を伸ばす暇《いとま》もなく、何者かが馬乗りになり、首筋に冷たい刀を押し当てた。南無三《なむさん》、と覚悟を決めた瞬間、ざくりと髷が切り取られた。上に乗っていた身体がふいに軽くなった。

足音が北に向かって去っていくのはわかったが、すっかり腰が抜けて、あとを追うどころではなかったらしいと、八十吉は北町の小者《こもの》に聞いた。

三度目は大店《おおだな》の主人で、囲っている女の家から帰る途中だった。やはり、髷を切り取られて、落ち武者のようなざんばら髪で家に帰り着いている。

いくら、おかしな事件だと言っても、三回も続けば、酔っぱらっていたわけでも幻覚を見たわけでもないことはたしかだ。

「おまえはどう思う？」

千蔭にそう尋《たず》ねられて、八十吉は首をかしげた。

人を脅かして喜ぶ、たちの悪い悪戯《いたずら》だとしか思えない。

「髷を集めた数でも競ってるんじゃないでしょうかね」

特に若い者はなにをしでかすかわからない。

腹が据わっていることを示すために、友達と髷をいくつ集められるか、賭《か》けているのかもしれない。髷を切り取れるということは、相手を殺すこともできるということだ。

「たしかに、今のところ思い当たるのはそのくらいだな」

千蔭は独り言のようにつぶやいた。

「それとも、なにかを探しているのか……」

なにを、と尋ねようとして八十吉は口を閉じた。

今の時点では、千蔭にもわかるはずはないのだ。


井筒屋は見るからに上等な油屋だった。

のれんをくぐると、ずらりと並んだ瓶《かめ》に迎えられる。それぞれの瓶の前には菜種油だとか、綿実油だとか書かれた札がついていた。八十吉が行灯《あんどん》に使う魚の油と違い、ぷんとよい匂いが鼻をついた。

番頭らしき男が売り掛け帳から顔を上げた。

「すまぬ。伴蔵はいるか」

「これは、よくいらしてくださいました。玉島の旦那。伴蔵なら奥におります。店に出すわけにはまいりませんもので……」

たしかに髷を切られたざんばら髪で、商家の店先に立つわけにはいくまい。

番頭は愛想笑《あいそわら》いと、腹立ちが入り交じったような顔で言った。

「あの頭では店に立つどころか、得意先を回ることもできません。ただでさえ、人手が足りないのに、困ったことでございます」

「災難だったな」

千蔭はあまり感情のこもらない口調で言った。

表には出られないが、内の仕事はできるわけだから、斬られて大怪我をするよりもよっぽどいい。だが、この番頭はそんなことなど考えもしないようだった。

「ひとつ間違えば、この店から葬式を出さねばならなかったかもしれぬぞ。髷ひとつで済んで、運がよかったではないか」

千蔭がそう言っても、商売用らしい笑みを浮かべるだけだ。

番頭に案内され、奥の座敷に通されて待つ。伴蔵は店の裏手の蔵にいるということで、番頭は丁稚《でっち》を呼びに走らせた。

すぐに伴蔵がやってきた。

話には聞いていたが、髷を切られ、ばさりと鬢《びん》の垂れ下がった姿はやはり異様だった。町中で会ったらぎょっとするだろうし、たしかにこれでは得意先に行くことはできない。血色のいい丸い顔の男だが、髪のせいで芝居に出てくる幽霊のようにすら見える。

気持ちが落ち着かないのだろう。やたらに汗を拭っている。

「旦那。このたびはどうもご苦労様でございます」

「怪我がなくてなによりだったな」

「へえ……思い出すたびに肝が冷えます」

千蔭は膝を伴蔵の方に向けた。

「相手の顔は見たか」

「いえ、それが提灯の火を消してしまい、真っ暗闇でしたので、男だというくらいしか……」

「体格などもわからぬか？」

たとえ暗闇でも相対しているのだから多少は相手の姿に想像がつくはずだ。

「飛び抜けて大きいというわけではなかったと思います。そのときは大きく見えて震え上がりましたが、後で考えてみるとわたしとそれほど変わらなかったような」

伴蔵はどちらかというと小男だ。

「殺される、と思ったか？」

「そりゃあもちろんです。刀を目の前につきつけられたわけですから」

だが、切られたのは髷だけだった。

いったい、なんのためにそんなことをするのかもわからない。

千蔭は顎《あご》を撫《な》でながら考え込んだ。

「なにか恨まれるような心当たりはあるか？」

伴蔵は、ぽかんと口を開けた。

その顔を見てわかった。この男は人に恨まれるような人生を歩んできてはいない。


収穫があったのかなかったのか、わからないまま井筒屋を出る。

念のため、井筒屋の使用人たちにも話を聞いたが、誰もが「伴蔵は大人しく、人当たりのいい男で、人に恨まれるようなことなど想像もつかない」と言っていた。

「やはり、悪戯ですかね」

定廻《じょうまわ》りの仕事はほかにもたくさんある。髷を切られる程度なら、後回しにしてもいいような気がする。

千蔭は眉間《みけん》に皺を寄せた。

「これだけで済むのならそれでいいんだがな……」

八十吉ははっとした。千蔭はそれで済まないと考えている。

「なにか起こるかもしれないと？」

「まだわからんがな。悪戯にしてもたちが悪い。なにもなかったとしても、灸《きゆう》をすえてやらなければならぬ」

それにしたってわからないことだらけだ。

なんのために髷など切り落としていくのか。

「それに、襲われている者がすべて、番屋《ばんや》に届け出ているとは限らぬ。命があって、なにも盗られていないのだからと黙っている者もいるだろう」

たしかにそうだ。まわりの人間に心配をかけたくないと思う者もいるだろうし、武士ならば、何者かに襲われて髷を切られたなどと口にするのは、恥と感じる者も多いはずだ。

浪人が襲われているからには、犯人が狙っているのは町人だけではない。

「もしかしたら、名乗り出ていないだけで女も……」

ふいに、前を歩いていた千蔭が足を止めた。その背中にぶつかりそうになるのをあわてて、よける。

「どうなさいましたか？」

「あれは……利吉《りきち》か？」

橋の上に、痩《や》せた男と小柄な娘が並んで立っているのが見える。ここからはよく見えないが、たしかに言われてみると中村座付きの狂言作者、桜田《さくらだ》利吉によく似ている。

娘と利吉は、言い争いをしているように見えた。

黄八丈《きはちじょう》を着た娘が、なにやら利吉につっかかっているようだ。

桜田利吉は、すらりとした色白の、作者にしておくのが惜しいような二枚目だ。

白塗りをして舞台に立たせたいほどである。

まだ若手だが、人気若女形《わかおやま》の水木巴之丞《みずきともえのじょう》に気に入られていて、最近では一幕書かせてもらうこともよくあるらしい。

女にももてるだろうし、痴話喧嘩《ちわげんか》をしていてもおかしくはない。

歩くうちに見えてきた娘は、文楽《ぶんらく》人形のような可愛らしい瓜実顔《うりざね》をしている。喧嘩をしていてさえ、腹立たしいようなうらやましいような気持ちになる。

千蔭が、はっと息を吐いた。いきなり走り出す。

乾いた砂埃《さじん》が白く舞い上がり、八十吉はわけもわからず、後に続いた。

理由はすぐにわかった。娘が橋の欄干《らんかん》に上ろうとしているのだ。利吉があわてて止めようと、娘の腰にとりついているが、かえって危なっかしい。

ふたりして、もんどり打って川の中に落ちてしまいそうだ。

娘は半泣き顔で、欄干から身を乗り出している。

「頼む、お鈴《すず》ちゃん！　落ち着いてくれ！」

「離して！」

娘は黄八丈の袖で、しがみついている利吉を何度も打った。

「もう、鈴のことなど放っておいて！」

「そんなわけにはいかねえ。おまえの兄さんだって……」

「兄さんのことなんか、どうだっていい！」

通りすがりの人々も驚いて足を止めているが、なにが起こっているのか理解していないようだ。もちろん、八十吉にだってわからない。

やっと橋まで辿り着いた千蔭が、ゆっくりとふたりに近づく。

娘を羽交《はが》い締めにして、欄干から引き離した。

娘は驚いたように声も出ない。

「玉島の旦那！」

利吉は、ほっとしたような声を上げる。

娘も、自分を抱き下ろしたのが、同心だということにやっと気づいたようだ。さすがに困ったような顔になる。

「往来で痴話喧嘩か。もし、落ちたら大変なことになるぞ」

初夏とはいえ、まだ泳ぐには早い。浅い川でも溺れ死ぬ者はいる。

娘はまだべそをかきながら、いきなり走り出した。

「あ、お鈴ちゃん！」

利吉の声にも振り返りはしない。

「追いかけなくていいのか」

千蔭がそう言うと利吉は素早く頭を下げた。

「申し訳ありません。この礼はまた」

「かまわん。行け」

利吉は頷くと、お鈴の後を追って駆け出した。

千蔭は、砂埃で汚れた着物を軽く払った。

「いったいなんなんだ」

聞かれたところで、八十吉にわかるはずはない。

「いい男はいろいろあるんでしょうなあ」

とりあえずはそう言ってみたが、千蔭は渋い顔のまま、ふたりの去った方向を眺めていた。


その日の夕方、組屋敷へ千蔭と八十吉が帰ると、玄関に見慣れぬ下駄が置いてあった。

迎えに出てきた女中のお梶《かじ》に千蔭が尋ねる。

「客人か？」

「利吉さんがお見えです。今日は珍しくおひとりで」

千蔭と八十吉は顔を見合わせた。巴之丞の供をして組屋敷に現れることはよくあるが、たったひとりでやってくるのは珍しい。たぶん、昼間の一件だろう。

奥の客間に向かうと、継母のお駒《こま》がおたつを利吉に見せていた。

「お帰りなさい、千蔭様」

お駒が泣き出したおたつをあやしながら、こちらを向く。

「ただいま、帰りました」

お駒は、おたつを産んでから血色がよくなり、少し太った。おたつを身籠《みご》もった頃は、食が細くなり、体調が案じられたものだが、生まれたおたつは、よく乳を飲み、よく眠る丈夫な赤子だった。泣くときも、近所に響き渡るような大声だが、すぐに泣き止み、一度眠るとなかなか起きない。

なかなか頼もしい娘になりそうだ。

利吉は、少し複雑な笑みを浮かべている。どうやら、赤子があまり好きではないようだ。

お駒は利吉のそんな様子には気づかず、優しい声でおたつをあやしている。母親は、自分の赤子の可愛らしさにしか目がいかぬようだ。

「ほら、兄上がお帰りですよ。おたつ」

おたつは、一瞬、泣き止んで千蔭の方を見たが、また顔を赤くして泣き始めた。

どうやら、今日のおたつは機嫌が悪い。

「しょうがないねえ。じゃあ、近所をひとまわりしてきましょうか」

外が好きで、抱いて外に出ると機嫌が直るという話は、前にも聞いたことがある。

「もうそろそろ暗くなるので、お梶を連れて行かれるとよいのでは？」

千蔭の提案に、お駒は頷いた。

「うん、そうするよ」

すでに利吉の前には、八十吉も出してもらったことのないよい湯呑みが置かれている。お梶は男前に甘い。

お駒が行ってしまうと、利吉が頭を下げた。

「昼間はありがとうございました。本当に面目《めんぼく》ありません」

「あまり娘を泣かすものではないぞ」

千蔭は年寄りのようなことを言っている。

利吉よりは年上だが、千蔭だってまだ充分若い。まだ独り身だから、そろそろ身を固めなければならないが、千蔭には一向にその気はないようだ。

むしろ、千蔭は少し利吉の爪の垢《あか》をもらったほうがいい。

八十吉はそう考えながら、ふたりを見比べた。男ぶりならば千蔭だってよい方だ。

だが、利吉にはたしかに、妙な色気のようなものがある。堅気《かたぎ》ではない男が持つ危うさゆえか。

聞いたところによると、もともと武家の次男坊らしいが、そんなふうには見えない。芝居町《しばいまち》の水が肌に合っているようだ。

もっとも、育ちの良さは随所に顔を出し、そこがこの男の魅力のひとつにもなっている。

「へえ……ですが、今回はわたしが悪さをしたわけではないので……」

今回は、と言うと、悪さをすることもあるということか。どうも、妙なことばかりが、八十吉には気になる。

「あの娘は？」

「わたしの兄弟子である、利十郎《りじゅうろう》の妹、お鈴でございます」

「利十郎？」

中村座には縁あってよく顔を出すが、そんな作者には会ったことがない。千蔭も同じことを考えたのだろう。名前を確かめるように繰り返す。

「三年前に、破門されております。ですから、今は中村座にはおりません」

「なるほど。それでそのお鈴がどうしてあんなことを？」

利吉は下を向いて頭を掻いた。

「連れて逃げてほしいと言われました。そんなことはできねえと言ったら、あんな……」

そう言ってから、利吉はあわてたように言い訳をした。

「もちろん、兄弟子の妹に手を出したりはしません。ですが、利十郎は——今は権《ごん》三《ぞう》という名前に戻っておりますが——博打《ばくち》好きで、あちこちで借金を重ねております。ですから、お鈴ちゃんの相談に乗ってやってたのですが……」

そのうちに惚《ほ》れられてしまったというわけか。

「破門されたのも、博打絡みか」

「へえ、楽屋にまで借金取りが押し寄せるようになりまして、仕方なく……。姐《ねえ》さんが残りの借金を返してやるかわりに、中村座を去るようにと」

利吉が姐さんと呼ぶのは、女形の水木巴之丞だ。

「面倒見がいいな」

「兄貴に借金を返すあてなどありませんでしたし、そうなるとお鈴ちゃんを苦界《くがい》に沈めるしかなくなる。当時、お鈴ちゃんはまだ十三でした。あまりに可哀想だと姐さんが」

巴之丞は身寄りがなく、若衆茶屋に売られたと聞いたことがある。それだけに、お鈴の境遇に同情したのかもしれない。

「ほかに、ふたりの身寄りは」

「ありません。今も兄妹のふたり暮らしでさあ」

だとすれば、今もお鈴の境遇がよくなったとは思えない。

「まだ博打癖は直ってないのか」

利吉は吐き捨てるように言った。

「ありゃあ、病気です。姐さんがきれいさっぱり返してやったというのに、またいつの間にか借金だらけだ」

「素人《しろうと》が博打で勝てるはずはない。あれは、もともと胴元しか儲からぬようにできている。勝っているように見えるのは、たいてい胴元のサクラだ」

「兄貴を説得しようとしても、聞きゃあしねえ。姐さんに悪いと思わないのか、お鈴ちゃんが可哀想じゃないのか、と尋ねても、その場だけは神妙な顔をしているが、結局、なにも聞いちゃいねえ」

どうやら、利吉は権三のことをずっと気にかけていたようだ。

「今、借金はどのくらいあるのだ」

「さあ……五十両だか百両だか……嘘ばかりつくのでわかりゃあしねえ」

どちらにせよ、そこまで積み重なればまっとうに働いて返せるはずはない。

「兄貴は、お鈴を吉原《よしわら》に売るつもりだが、お鈴はいやがっている。わたしだって反対だ。お鈴ちゃんは吉原の水に馴染《なじ》めるような娘じゃない」

　泣き顔しか見ていないが、たしかに色白で器量はよかった。あの美しさならば、吉原でも充分やっていけるだろう。

「困ったものだな……」

　利吉は下を向いて、拳を握りしめた。

「姐さんは、もう放っておけと言います。ですが放っておけない。兄貴には弟子入りしたとき、ずいぶん世話になった。博打さえしなけりゃあいい人だし、お鈴ちゃんはなにも悪くない」

　痛ましい話だ。だが、八十吉にもどうすればいいのかわからない。

　今、権三が博打をやめても、積もり積もった借金はどうにもならない。博打絡みで借りた金ならば、貸したのは堅気の人間ではないだろう。

「賭場《とば》に踏み込んで、下っ端を捕らえることならできるが……それだけで解決はしないだろうな」

　裏の世界は繋がっている。すべてを一網打尽《いちもうだじん》にすることは、奉行所でもできない。

「ともかく、いちばんいいのは、お鈴が権三と離れることだろうな。どこかに奉公にでも行くか……」

そう言っても、借金まみれの兄がいると聞けば、どこも尻込みするだろう。

千蔭がふいに膝を打った。

「少しの間でも、うちに置くか」

「ええっ」

利吉はうわずった声を上げる。

「だ、旦那のところにですか」

「今は、おたつがいるから、人手はあったほうがいい。お鈴はよい娘なのだろう」

「ええ、そうですが……ただ……」

「ただ？」

「姐さんには、もう関わらないように言われておりました。この上、旦那を巻き込んだと知ったら、姐さんに怒られます」

「かまわん。わたしも、その権三とやらに関わるつもりはない。権三の借金は、その者が自分でなんとかすればよい。だが、妹は不憫《ふびん》だ。巴之丞殿も、そのお鈴という娘に関わるなとは言っておらぬだろう」

一度は、借金を肩代わりしたほど、同情した娘だ。助けてやったからといって、怒ることはないだろう。

　利吉は、深々と頭を下げた。

「本当にお礼のことばもございません」

「もちろん、その娘の気持ちも聞かねばならぬ。その娘がいいというのなら連れてこい。父上や母上には、わたしから話しておく」

「へえ、よろしくお願いしやす」

　口調は町人のものだが、頭を下げる姿はぴしりと決まっている。

　育ちの良さは、こういうところに現れる。


　翌日、すぐにお鈴がやってきた。

　最初、おどおどと怯《おび》えたような様子はしていたが、年がそう離れていないお駒を見て、ほっとしたようだ。

「もともと、お梶の手伝いをしてくれる娘を探しておったのだ。気にせずに、好きなだけいるがいい」

　父の千次郎《せんじろう》がそう話す。お鈴は身体を縮めるようなお辞儀をして、何度も礼を言った。

少なくとも、同心の組屋敷まで追ってくるような女衒《ぜげん》はいないはずだ。

「こんなにお世話になり、どうお礼を言ってよいか……」

お鈴が口の中でそうつぶやくと、千次郎は柔和《にゅうわ》な笑みを浮かべた。

「気にすることはない。だが、恩を感じてくれるのなら、しばらく兄とは会わぬ方がよいな」

お鈴が驚いたように顔を上げた。

「兄さんと……？」

「そうだ。もう兄とは縁をきったと考えなさい」

お鈴の黒い瞳が戸惑ったように揺れる。

「でも……兄さんとわたしは、たったふたりの兄妹で……」

千蔭と千次郎が一瞬、目を見交わすのが八十吉には見えた。

「そう思うのも無理はない。だが、永久に会えぬわけではない。兄が真人間《ま》に戻るまでは会わない方が、兄のためだ」

膝の上の小さな手が震えていた。

お鈴はおそるおそる尋ねる。

「兄さんは、これからどうなるのでしょうか？」

千蔭は困惑した顔で、千次郎を見た。千次郎が答える。

「それは兄が決めることだ。江戸から逃げ出すか、どこかに頭を下げて金を借りるか……」

もしくは胴元に落とし前をつけさせられるか。

たぶん、胴元が権三に金を貸し続けたのも、お鈴を売って取り返せるという腹があったからだ。お鈴が逃げてしまえば、それ以上甘い顔を見せることはない。

権三は江戸を逃げ出すしかないだろう。

お鈴は唇を噛みしめた。

これまでは、自分が売られることの恐怖ばかりが胸にあったはずだ。だが、安全な場所にきてみれば、今度は兄のことが気にかかる。よくある話だ。

お梶が、屋敷を案内するためにお鈴を連れて行ったあと、父・千次郎が千蔭に言った。

「厚意が無駄になることも覚悟しておくのだぞ」

「はい、わかっております。あとはお鈴が決めることでしょう」

口調はきっぱりとしていたが、千蔭の表情は晴れない。

八十吉もわかる。助けても、ここで終わる話ではない。身内を見捨てることには、ひどい痛みが伴うのだ。

五日ほどの間は、うまくいっていた。

お駒も、ひさしぶりに年の近い娘と一緒に過ごせて楽しそうだった。以前は、お福《ふく》という仲のいい従姉妹《いとこ》がときどき遊びにきていたのだが、お福も今年に入って身籠もり、外出できなくなった。

千次郎や千蔭はいるが、やはり女同士でこそ弾《はず》む話はある。お鈴も最初は強《こわ》ばった顔をしていたが、日が経つにつれ、表情が明るくなってきたように見える。お梶も「お鈴ちゃんは、よく働いてくれるし、飲み込みもいい」と語っていた。おたつが小さい間は仕事も増える。お梶は通いだから、住み込みで働いてくれる娘がいれば、玉島の家も大助かりだ。なにも問題はないように思えた。

その日、定廻りの仕事から帰ってくると、組屋敷の前をうろうろしている背の高い男がいた。

籬《まがき》の間から、中を覗《のぞ》こうと身体を曲げたりしている。千蔭と八十吉は視線を合わせた。

三十半ばほど、顎のとがった神経質そうな顔立ちだが、着ているものはこざっぱりしている。少なくとも、八十吉には見覚えはない。

千蔭も足を止めて、男の様子をうかがっている。

同心という仕事柄、恨まれることも多いが、中を覗いている男には裏街道の匂いはあまりしない。まだ明るいうちからひとりで、こんなところをうろうろとしているのも不思議だ。

ふいに、男がこちらを向いた。千蔭と目が合っても驚いた様子もない。ただ、さりげなく立ち去ろうとする。

千蔭の顔を知らないのか。驚いていると、千蔭が口を開いた。

「権三か」

そのとたん、男は弾かれたように振り返った。

「は……」

口をただ、ぱくぱくとさせている。

「悪いが、お鈴に会わせるわけにはいかぬ。もうここへはくるな」

千蔭はそれだけ言うと、横を通り過ぎようとした。権三は、千蔭の袖に取りすがった。

「そ、そんなことおっしゃらないでください。お鈴は俺のたったひとりの妹だ。あの子と引き離されちゃあ、生きていけねえ」

哀れっぽい声を出すが、あまりに芝居じみている。

千蔭は権三を振り払った。

「ならば、なぜそのたったひとりの妹に苦労をかける」

しかも身を誤ったのは一度ではない。巴之丞が借金を肩代わりしてくれたときにやり直せば、もうお鈴が身を売らねばならないようなことはなかったのだ。

「苦労をかけようと思ってやっているわけじゃねえ。年頃の娘に、櫛《くし》でも買ってやりたいと思うから、つい……」

「真面目に働かずに、博打に手を出すのか」

千蔭は冷ややかな口調で言った。

「なあ、旦那。頼みます。お鈴に会わせてくだせえ。心を入れ替えて、真面目にやりますから……」

地べたに膝をついて、手を合わせる。千蔭はためいきをついた。

「なぜ、もっと早くそうせぬのだ」

今から心を入れ替えても、もう遅い。できてしまった借金は棒引きにはならない。お鈴が身を売って作った金で、ようやくこの男はやり直しができるのだ。

この男にもそれはわかっているはずだ。

だからこそ、お鈴に会わせてほしいと頼むのだ。

もし、本当にお鈴を思うのなら、自分から距離を置こうとするはずだ。

権三の勝手な思惑が見えて、八十吉は苛立《いらだ》った。これがたったひとりの身寄りだというのなら、お鈴があまりにも可哀想だ。

「もうあきらめろ」

千蔭はそう言うと、権三の前を通り過ぎた。

「待ってくだせえ、旦那！」

権三の手が千蔭の足首をつかんだ。八十吉は後ろに回ると、権三を引きはがした。

千蔭は振り返って、言った。

「江戸を出て、どこにでも行け。胴元も、追ってこないところにな」

まだ地べたに這《は》いつくばって啜《すす》り泣いている権三を、八十吉は見下ろした。

唾でも吐きかけたいほどだが、そんなことをしても一銭の得にもならない。すぐに、千蔭を追って組屋敷に向かった。

門から中に入って気づいた。

濡れ縁に座って、お鈴が泣いていた。どうやら、なにもかも聞こえていたらしい。


お梶が甘酒売りから買ってきた甘酒を、お鈴は黙って両手で持っていた。

やっと泣くのはやめたが、しばらくはなにも言おうとしない。

千蔭もなにも言わずに、部屋の隅で正座していた。外はすっかり薄暗くなってしまったが、お鈴は行灯《あんどん》をつけようともしなかった。

冷めてしまった甘酒をひとくち飲んだあと、やっとお鈴が口を開いた。

「兄さんは、本当は優しい人なんです」

千蔭は低い声で、「そうか」とだけ言った。

「わたしが小さい頃におとっつぁんが亡くなって、それからずっと兄さんはおっかさんを支えて、わたしの面倒も見てくれてたんです。自分が食べたいものも我慢して、わたしに白玉や田楽《でんがく》を買ってくれたりしました。わたしにはおとっつぁんも同然だった」

だが、それは昔のことだ。今の権三は、もう変わってしまった。

白玉や田楽の礼に身を売るのは割に合わない。

お鈴は洟《はな》を啜《すす》った。

「兄さん言ってましたよね。今度こそ心を入れ替えて、やり直すって……」

「博打にはまった者はみんなそう言う。だが、やり直せる者はわずかだ」

その場限りの嘘をついて、手に入った金をまた博打につぎ込んでしまう。

底の抜けた桶で水を運ぶようなものだ。

「でも……兄さんのことを信じたい……」

そう言うとお鈴はまた泣き出した。

八十吉は小さくためいきをついた。千次郎が「厚意が無駄になることも覚悟しておくのだぞ」と言っていた。年を重ねた千次郎にはもうわかっていたのだろう。

いずれ、こんなことになるということを。

お鈴が、本気で兄を捨てられるのなら、もうとっくに見捨てていたはずだ。可愛らしい娘だから、嫁にもらいたいと思う男はいくらでもいるだろう。

捨てることができなかったからこそ、売られそうになってもずっと兄と一緒にいた。

　信じたいという妹に、信じるなとはさすがに言えない。

　たしかに、権三が本当に心を入れ替えないという証拠はない。八十吉の勘では、まずないと思うが、それも権三に悪印象を抱いているせいかもしれない。

「どうするつもりだ」

　千蔭がそう言うと、お鈴は襦袢《じゆばん》の袖で涙を拭った。

「兄さんをそそのかした奴らに連れて行かれるのはいやです。どんなところに売られるかわからないもの。でも、ちゃんとした見世《みせ》に勤められるのなら……」

　千蔭は、ふうっと息を吐いて、八十吉に言った。

「悪いが、利吉を呼んできてくれ」


　利吉がどこに住んでいるのかは知らなかったから、八十吉は巴之丞の家を訪ねた。うまい具合に、利吉はそこにいた。

　利吉だけを呼び出して話をするつもりだったが、巴之丞が聞かなかった。

「なんだい、あたしに聞かせられない話でもするつもりかい」

じろりとにらまれて、仕方なく八十吉はすべてを話した。

「利吉。あれほど、あの男にはもう関わるなと言ったじゃないか」

「面目次第もございません」

利吉は小さくなって頭を下げた。

「いや、おまえはまだいいよ。玉島の旦那にまでご迷惑をかけるだなんて……身内の恥だよ」

迷惑をかけられたと言っても、なにか大きな実害があったわけではない。

このままではお鈴が可哀想だと、みんな考えているだけだ。

「ともかく、駕籠《かご》を呼んでおくれ。旦那のところへ行こう」

巴之丞はそう言って立ち上がった。

月代《さかやき》の上に紫の帽子をのせた、女形役者独特の頭を頭巾で隠し、巴之丞はやってきた駕籠に乗り込んだ。

駕籠の後を走りながら、利吉は八十吉に話しかけた。

「親分さん、面目ない」

「おまえが謝るようなことではないだろう」

利吉はお鈴や権三を気にかけていただけだ。八十吉だって、お鈴のことを知っていれば、同じようにしただろう。

千蔭とお鈴は、八十吉が出かけたときと同じ姿勢のまま部屋にいた。

巴之丞の顔を見て驚いたのは、千蔭だけではなかった。

「姐さん！」

声を詰まらせて、お鈴は泣き始めた。

「お鈴ちゃん、大きくなったね」

巴之丞はお鈴のそばに膝をついて、手をそっと握った。

「あんたが、あんな男の身代わりにつらい思いをすることはないんだよ。京や大坂にもわたしの知り合いはいる。いくらだって逃がしてあげるよ」

お鈴は首を激しく振った。

「でも、兄さんを見捨てて行けない」

見捨てることができるのなら、京、大坂にまで行く必要などない。玉島の屋敷にさえいれば、悪党どもはお鈴に手は出せない。

「本当に、苦界《くがい》に沈んでもいいのかい。決して楽な世界じゃない。華やかに見えるが、裏ではみんな泣いてばかりだ」

お鈴は何度も頷いた。

「それで兄さんが真人間になってくれるのなら、それで……」

巴之丞はあきらめたようにためいきをついた。

「遊女の扱いは、見世によってまったく違うよ。娘のように大事にしてくれるところもあれば、身体を壊そうがかまわず働かせるところもある。勤めるのなら、よいところがいい」

お鈴は洟を啜りながら頭を下げた。

「よろしくお願いします」

「お鈴ちゃんの器量だったら、青柳屋《あおやぎや》も勤まるだろう。旦那に話をしてあげよう」

青柳屋と言えば、梅が枝《うめえ》がいる見世だ。

実際、遊女をどのように扱っているのかは、八十吉たちにはわかるはずはないが、少し前、茶屋の火事で梅が枝が火傷を負ったとき、ふた月ほど休ませてやっていたのを知っている。そう悪い見世ではないだろう。

千蔭は、しばらく黙って、ふたりのやりとりを聞いていたが、見かねたように口を開く。

「お鈴、まだ今なら間に合うのだぞ」

お鈴はかすかに口もとに笑みを浮かべて、首を横に振った。

お鈴の覚悟がうかがえて、八十吉はどんな顔をしていいのかわからなくなる。

翌日、お鈴は巴之丞の口利きで、青柳屋へ上がったという。

千蔭もよく知っている娘だから、大切にしてやってほしいと巴之丞が膝を折って頼んだという話は、あとで聞いた。

青柳屋の主人のことは千蔭もよく知っているし、なによりも青柳屋には梅が枝がいる。面倒見のいい女だから、お鈴のことも気にかけてくれるだろう。

身代金《みのしろきん》の百五十両は、利吉が権三のところに届けると言ったが、八十吉も同道することにした。

お鈴がどんな思いで売られていったか、きっちり権三に伝えて、また道を誤ることのないように釘を刺さなくてはならない。

権三は、割長屋《わりながや》で昼間からいびきをかいていた。

それを見ただけで、八十吉は陰鬱《いんうつ》な気持ちになる。本当に心を入れ替えることができるのだろうか。

利吉も呆れ果てたようなためいきをつくと、権三の布団をはぎ取った。

「うわっ、な、なんだっ！」

飛び起きた権三は、部屋を見回してから、やっと目の前にいる利吉に気づいた。

「なんだ、利吉か。脅かすない」

利吉は、黙って畳の上に金包みと、お鈴の手紙を置いた。

権三ははっと息を詰めた。

「お鈴ちゃんが、吉原へ行ったよ。これはその身代だ」

権三は喉をふるわせて、両手を合わせた。

「ありがてえ……。お鈴、本当に、ありがてえ……」

「これが最後の目だ。今度やりなおさなけりゃあ、もう兄貴は救いようがないよ」

お鈴が吉原に上がってしまった今、もう権三には金に換えるものはない。

「借金を返しても残るだろうが、決して博打になどつぎ込むなよ。これを元手に商売でもして、金を貯め、早くお鈴ちゃんを迎えに行ってやれ」

「ああ、ああ」

権三は何度も頷きながら、金包みを押し頂いた。

本当のところ、八十吉は、すべてを権三に渡すことには反対だった。こういう手合いには余分な金を渡さないほうがいい。

だが、ほかにお鈴の身寄りはいないし、なによりお鈴が権三に渡してくれと頼んだのだ。

それ以上八十吉にはなにも言えない。

苛立ちは、利吉も感じていたのだろう。権三の胸ぐらをつかんで、にらみつけた。

「お鈴ちゃんは、勤めをすることを本当にいやがっていた。兄貴が真人間になってくれるなら、と、腹を決めて売られていったんだぞ」

「ああ、わかってる」

権三は、丹田《たんでん》を掌で叩いた。

「絶対に、真人間になってみせる。今度こそ、必ず」

おや、と思った。その口調にはどこか自信が感じられた。

「もう博打には手を出さねえよ」

そう言って胸を張る。

金を手に入れたことで、気が大きくなっているだけなのか。そうではない、と信じたい気持ちは八十吉にもある。でないと、お鈴があまりにも可哀想だ。

利吉は疑いの目で、しばらく権三を見ていたが、やがて頷いた。

「お鈴ちゃんは、兄貴を信じたいと言っていた。絶対に失望させるなよ」

「ああ、今度はしくじらねえよ。絶対に大丈夫だ」

やけに力強く、権三は言った。


お鈴が出て行ったことを知ったお駒は、ずいぶん腹を立てていた。

お駒が怒るのももっともだ。

権三は自分自身で落とし前をつけるべきだったし、お鈴が身代わりに身を投げ出すべきではなかったと、八十吉も考えている。

だが、どんなに玉島家の人々が止めても、お鈴はやはり出て行っただろうと思う。

はじめから、兄を見捨てられるような娘ではなかった。

結局のところ、痛みは優しい人が背負うことになるのだろう。


その二日後だった。

吾妻橋《あづまばし》の惣太《そうた》が、朝から組屋敷に現れた。

「昨晩、また、髷切りが現れたそうです」

髪結いの平八《へいはち》に髷を結わせていた千蔭は、眉間に皺を寄せた。

「襲われた者は無事か」

「いえ、抗《あらが》ったため、額と腕にも傷を負っています。医者がきていますが、まだ熱が下がらないとか」

八十吉ははっとした。

千蔭が恐れていたのはこれが起こることだったのかもしれない。

髷ならば、切られてもまた数ヶ月で伸びる。

だが、刃物を持って人を襲うのだから、抗う者もいるだろう。髷以外は切るつもりがなくても、はずみでどうなってしまうかわからない。

「話が聞けるかどうかわからないが、ともかく行ってみるか」

千蔭は腕を組んで、そうつぶやいた。

襲われたのは、駒形《こまがた》に住む長兵衛《ちょうべえ》という男だという。

昨夜、近くに住む兄の家を訪れて、しこたま飲んだ帰りに、何者かに襲われた。

「昨日、俺が聞いた話によると、そいつは後ろから長兵衛の髷をつかんで切ろうとしたらしい。運の悪いことに、長兵衛は気が大きい上に喧嘩が強かった。『なにをしやがる！』と相手につかみかかった」

だが、相手は刃物を持っていた。もみ合ううちに腕と額を斬られたらしい。

「医者によると、腕の傷はかなり深いらしい。長兵衛は錦絵の彫り師なんだが、もしかするとこのさき仕事が続けられなくなるかもしれねえという話だ」

平八が元結をぷつりと切るのを待って、千蔭は立ち上がった。

「腕自慢も、いいことばかりではないな」

もし、長兵衛がこれまで襲われた者のように、腰を抜かすか、ぶるぶる震え上がるかすれば、髷を切られるだけで済んだはずだ。

そうすれば、自慢の腕を切られることもなかった。

千蔭は、はっと目を見開いた。

「おい、惣太」

「へえ、なんですか？」

「長兵衛というのは、ずいぶん小男か？」

「いいえ、普通よりは長身だと思います」

千蔭は、座敷に上がると刀を差して、羽織を着た。

「これまでの男はみな、押し倒されたり、馬乗りになられてから、髷を切られていた。だが、今、惣太の話を聞くと、後ろからいきなり髷をつかんで切ろうとしている」

そういえば、井筒屋の手代は、襲った男は小男だと言っていた。

「小男が、いきなり後ろから髷をつかんで切るのは難しい」

「どういうことでしょうか」

「髷切りに便乗した者か、それとも、髷切りはひとりではないのか……」

そんな得体の知れない悪戯をする者が、何人もいるということだろうか。

千蔭はふっと息を吐いて、背筋を伸ばした。

「ともかく、長兵衛のところへ行くぞ」

長兵衛の住む長屋は、通りから奥まったところにあった。

井戸端で米を研《と》いでいた女に聞くと、長兵衛が住んでいるのはいちばん奥の長屋だという。いかにも職人のかみさんといった風情の三十過ぎの女は、ざるを小脇に抱えて、千蔭たちを長兵衛の長屋まで案内してくれた。

「長兵衛さん、起きてるかい？」

声をかけるが返事はない。引き戸を開けると、へたったかい巻きにくるまって眠っている中年男がいるのが見える。

髷を切り落とされたざんばら頭。間違いなく長兵衛だろう。

寝汗で首が濡れて、息が荒い。戸口から見ただけで、具合が悪そうなのがわかる。

「長兵衛さんにはおかみさんがいないから、長屋の女たちで介抱《かいほう》してるんだけど、ひどい話だよ。多少、喧嘩っ早いところはあっても、一本気ないい人なのに……」

女は畳に腰を下ろすと、手ぬぐいで長兵衛の首の汗を拭った。

「八丁堀の旦那、長兵衛さんをこんなにした奴を早くつかまえてくださいよ。大工をやってるうちの人も、御贔屓《ごひいき》先に呼ばれて、帰りが遅くなることがあるのに、こんなんじゃ心配で仕方ないよ」

「そうだな」

千蔭は戸口に立ったまま頷いた。

八十吉が近づいて、長兵衛の顔を覗き込んでみたが、深く眠っていて目覚める様子はない。横を向いた頬が青く、かすかに血の匂いがした。

下手人《げしゅにん》ではないから、叩き起こして話を聞くのは気が進まない。

千蔭も同じ気持ちだったのだろう。小さく「出直すか」とつぶやいた。

「さっき、起きて自身番の源《げん》さんにいろいろ話していたよ」

「目さえ覚めれば頭ははっきりしているんだな」

それを聞いて、少し安心する。傷が元で命を落とすことでもあれば、寝覚めがよくない。

「なら、自身番に話を聞いてこよう。あとでまた寄るかもしれん」

千蔭はそう言って長屋を出た。八十吉も後に続く。

「長兵衛も人から恨みを買うような男ではなさそうだな」

千蔭は独り言のようにつぶやく。

八十吉もそう思う。でなければ、長屋の女たちが総出で介抱などするはずはない。

だが、ここのところはもう少し調べてみなければならない。

過去の髷切りと、長兵衛を襲った男はなにかが違う。髷切りの事件をまねて、長兵衛を殺そうとした者がいるのかもしれない。

「長兵衛がまともな男でも、逆恨みをされるかもしれませんし」

八十吉のことばに、千蔭は同意した。

「一本気な性格だと言ってたから、揉め事に首をつっこむこともあるやもしれんな」

番屋には先に惣太が行って話を聞いていた。千蔭の顔を見て、惣太は腰をかけていた板の間から立ち上がった。

「旦那。長兵衛が襲われるのを見た者がいるそうです」

「なに？」

千蔭の目が鋭くなる。

見れば、自身番の隣に貧相な老人がいる。少しおどおどと目を泳がせながら、千蔭に向かって頭を下げた。

富八《とみはち》というその老人が住む長屋は、長兵衛が襲われた通りにあるという。夜中に厠《かわや》に行った富八は、何者かのがなり声を聞いた。

「なにしやがんだ！」

昨晩は、うっすらとぼやけた月が出ていた。月明かりを頼りに木戸口から外を覗くと、ふたりの男が倒れているのが目に入った。

辻斬りか、と息を呑んで近づこうとしたとき、片方の男が身体を起こした。

「大柄な、三十ほどの男でした」

男は片手に短刀を持っていた。倒れたもうひとりの男を見て、ひっと息を呑むと腰が抜けたかのように、もう一度その場に座り込んだ。

そしてがたがた震えながら立ち上がり、もつれる足で駆け出したという。

富八も怖くて仕方なかったが、倒れている男のことも気にかかる。

そのまま、番屋に走り、自身番を呼んできたという。

「夜中と言うと何時《なんどき》だ」

千蔭の問いかけには自身番が答えた。

「富八が引き戸を叩いたのが、寅の刻でした」

「ならば木戸はすでに閉まっている。襲ったのは、この町内の者だな」

「どうやら、そのようですね」

八十吉はそう答えながら、目の前の富八を見た。先ほどから、妙にびくびくしている気がする。

「どうかしたのか?」

尋ねると、背を曲げるようにしながら八十吉に近づいてくる。

「こんな話をして、仕返しなんかされませんかね……」

「誰にもおまえの名は言わねえよ。それに、その男はおまえに気づいていなかったのだろう」

「へえ、間違いありません。そんな余裕はまったくないようでした」

千蔭が抑えた声で富八に尋ねた。

「顔をはっきり見たのか？」

「はっきりとは言えませんが……それでももう一度見ればわかると思います」

それは大きな手がかりだ。これまでの髷切りは、誰かに姿を見られるような失態はおかさなかった。

そこを含めてこれまでの髷切りと違う。違いすぎる。

千蔭は自身番に尋ねた。

「襲われた長兵衛のことはよく知っているか？」

「へえ、自身番の役に就いてから五年ほど経ちますが、長兵衛はずっとあの長屋に住んでいますし、よく顔も合わせます」

「ならば、長兵衛を恨んでいる者に心当たりはないか？　なんでも、一本気で喧嘩っ早いということではないか」

自身番はたっぷり間を取って考え込んだ。

「いえ……心当たりはございません。たしかに手荒いところもございますが、気のいい男ですから」

富八が腕を組んで、首を横に振った。

「物盗りの仕業ならわかるんですがねえ。たんまり貯め込んでいることで有名でしたから」

「なに？」

千蔭は目をすっと細めた。

やっと緊張が抜けてきたのか、富八は機嫌良く喋りはじめた。

「長兵衛は腕のいい彫り師ですが、暮らしぶりは質素で、代わりに稼いだ金をたんまり蓄えているともっぱらの噂です」

富八の話を聞きながら、千蔭はゆっくり顎を撫でた。

「ならば、恨みの線は消えたか……」

八十吉は驚いて尋ねた。

「なぜですかい？」

「殺したいほどの恨みを持つ者ならば、長兵衛にそんな噂があることも知っているだろう。ならば、長屋に忍び込んで殺し、物盗りの仕業に見せかけた方が、目をくらますことができる」

たしかに千蔭の言うとおりだ。

住んでいるのは割長屋なのだから、忍び込むのが難しいというわけではない。

ならば、やはり長兵衛を狙ったわけではなく、誰でもいいから髷を切ろうとしたということか。

「しかし、なんのために……」

八十吉は誰にともなくそうつぶやいた。

結局、疑問はそこに戻ってきてしまうのだ。


組屋敷に帰ってくると、門の前に駕籠と駕籠かきがいるのが見えた。

客でもきたのだろうか。八十吉がそう考えていると、駕籠かきが千蔭に気づいた。

「玉島の旦那、ご無沙汰しておりやす」

そう言って膝をつく駕籠かきには見覚えがある。いつも青柳屋からの迎えとしてやってくるふたりだった。

そういえば、火事の一件の後から、梅が枝はあまり千蔭を呼びつけていないように思える。千蔭も用がなければ、わざわざ吉原に訪ねていくことはない。

「なにかあったのか？」

「梅が枝姐さんが、大事な話があるから至急、青柳屋まできていただけないかとおっしゃっております。お鈴ちゃんのことだと言えば、わかるから、との伝言で」

「お鈴の？」

千蔭は眉をひそめた。

お鈴が青柳屋に売られてから、まだ数日しか経っていない。なにか問題でも起こしたのだろうか。

まわりが止めるのを、自ら納得ずくで身を売ったわけだから、逃げはしないだろうが、いざ勤めに出るとなって怯えてしまったのかもしれない。

八十吉がいろいろ考えている間に、千蔭はさっさと組屋敷に入り、お梶にこれから出かける旨を話している。

また門の外に出て、八十吉に声をかける。

「八十吉、行くぞ」

役目ではないのだから、自分は勘弁してもらえるのではないかと少し期待していたが、千蔭はしっかり八十吉も連れて行くつもりらしい。

吉原の粘度が高いような闇と、白粉《おしろい》の甘い匂いは嫌いではないが、千蔭と一緒ではいい目を見られることもない。

それでも、たしかにお鈴のことが気にかかるのは八十吉も同じだ。

優しいからこそ、不憫な娘だった。

千蔭が駕籠に乗り、八十吉が後からついていく。

吉原に着いた頃には、日はとっぷりと暮れていた。

大門《おおもん》をくぐり、華やかな行灯が並ぶ通りを脇目もふらずに青柳屋へと向かう。

千蔭は駕籠を降りると、青柳屋ののれんをくぐった。馴染みの男衆《おとこし》に声をかけ、梅が枝の部屋まで案内してもらう。

二階の部屋で、梅が枝は窓の枠に身体を預けて、外を眺めていた。どうやら、千蔭が到着するのも見えていたらしい。

部屋の隅には、お鈴が身体を縮めるようにして座っている。髪も着物も、玉島家を出て行ったときとまったく変わらない。顔もすっぴんで、紅すらつけていない。

「お見限りだね、千蔭様」

少し嫌味めいたことを口にするが、不快に聞こえないのはそれが遊女の手管《てくだ》だからか、それとも梅が枝の遊女らしからぬ、さばさばとした性格のせいか。

「顔色がいいな。達者そうでなによりだ」

千蔭はそう言うと、大小の刀を抜いて、畳の目に沿って置いた。

「お鈴がどうかしたのか？」

「お鈴の兄さんが、今日の朝から青柳屋にやってきたんだよ」

千蔭と八十吉は顔を見合わせた。

たった数日で、金を全部巻き上げられて、また無心にきたのか。最初は泣きながら妹を苦界に沈めた兄が、一年も経たないうちに妹から金をせびることをなんとも思わなくなっていく。そういう光景はこれまで何度も見てきた。

水は低い方へ流れるものだ。だが、それにしたってあまりにも早すぎる。

「権三はなんと？」

「あたしゃ会ってないし、お鈴ちゃんにも会わずに帰ったんだけど、お鈴ちゃんの身代の百五十両をそのまま持ってきて、女将《おかみ》さんに返したらしいんだよ。『これでお鈴を自由にしてやってくれ』って」

梅が枝がそう言ったとたんに、お鈴はしくしくと泣き始めた。

「兄さんが死んでしまったらどうしよう……」

梅が枝はちらりとお鈴に目をやった。

「お鈴ちゃんはこう言って、青柳屋を出て兄さんを捜しに行くと言い張るんだけど、借金がどうなったかがわからない。下手に出して、兄さんに金を貸したヤクザものにつかまったりしたら、元も子もないじゃないか」

たしかにそうだ。権三に金を貸している連中は手荒いことも辞さない奴らだ。もともと権三を博打ではめたのも、お鈴目当てだったような節がある。

千蔭はお鈴の方に身体を向けて話しかけた。

「自ら死を選ぶような男なら、おまえを売る前に死んでいるだろう。心配せずともよい」

だがお鈴はそれを聞いても、下を向いて袖を握りしめている。

「だが、お鈴の身代金を返しにきたということは、ほかに借金が返せるあてでもできたのか……」

八十吉には万に一つもそんな可能性はないように思えた。

巴之丞や利吉など、権三を気にかけていた人々もすでに見放している。権三が頼れるのは妹のお鈴だけだろう。

「もしくは、お鈴に申し訳ないと思い、逃げられるだけは逃げることにしたのか」

「もしつかまったら、兄さん、どんな目に遭わされるんですか？」

お鈴が尋ねたが、八十吉には答えられない。

千蔭と八十吉の苦い表情を見て、理解したのだろう。お鈴はまたわっと泣き出した。

借金を踏み倒して逃げ出せば、胴元たちも手加減はしないだろう。命までは取られなくても、まともに働けない身体にされてしまうかもしれない。

千蔭はふうっと息を吐いた。

「ともかく、権三の行方《ゆくえ》を捜してみよう。たしかに気にかかる」

たとえどうなっても、妹に頼らずに自分で落とし前をつけようとするのはよいことだと八十吉は思う。

妹を売った金で借金を返しても、博打狂いはおさまらない。娘を売る男すらいくらでもいるのだ。たとえ、腕を折られ、不自由な身体にされても、自分で解決した者だけが、その地獄から這い出すことができる。

それが、これまで身を持ち崩した人間を見てきた八十吉の答えだ。

「お鈴ちゃんはどうする？　連れて帰るかい？」

梅が枝の問いかけに千蔭は首を横に振った。

「いや、ここにいたほうがいいだろう。組屋敷よりも吉原の方が安全だ」

皮肉な話だが、女を売り物にしているからこそ用心棒を抱えているし、男が簡単に女を連れ出すことができない仕組みになっている。お鈴は権三が心配でならないようだし、組屋敷に連れて帰っても抜け出してしまうかもしれない。

そうなると、いくら千蔭が同心でも守ってやることは難しい。

吉原では、もともと女が大門を抜けることが難しいから、お鈴も大人しくするしかない。

梅が枝のそばにいれば、心配はない。

「なら、権三さんが見つかって、大丈夫なことがわかるまで、あたしの身の回りのことをやってもらうことにするよ」

「すみません。姐さん……」

お鈴はそう言って頭を下げた。権三のことが気にかかる一方、やはり恐ろしい気持ちもあるのだろう。この様子では、無理に吉原を飛び出すことまではしないだろう。

「利吉にも話しておかなければならないな」

利吉なら、権三のことをよく知っているだろう。権三が行きそうな場所もわかるかもしれない。

千蔭はお鈴に話しかけた。

「案ずるな。誰か助けてくれる者がいたのかもしれぬし、なにかよい案が浮かんだのかもしれぬ。おまえをここで働かせるよりも、よい策を思いついたのだろう」

そんなものはありそうには思えないが、お鈴を安心させるにはそう言うしかない。

まだ下を向いているお鈴に千蔭はこう言った。

「権三は死ぬような男ではない。おまえもそう思うだろう」

お鈴はしばらくじっとしていたが、やがて小さく頷いた。


組屋敷の濡れ縁に腰を下ろして、利吉は千蔭の話を聞いていた。

「いったい兄貴はなぜ……」

昨夜、組屋敷に戻ると千蔭は利吉に使いを出したらしい。利吉は朝早くからすっ飛んできた。

「わからぬ。なにか金の入るあてがあったのか……」

「あったなら、なにもお鈴ちゃんを売らなくたっていいじゃねえか」

たしかにそうだ。なにかあてがあるのなら、そこを当たった後で、最後の手段として妹を売ればいいのだ。

それとも、急に大金が手に入ったのか。

「権三がどこにいるかわかるか？」

「わからねえ。ここにくる前に、兄貴の家によってきたが誰もいねえ。布団が敷きっぱなしだったが、寝てたような様子はなかった」

どうも嫌な予感がする。千蔭も渋い顔をしている。

利吉は眉間に深い皺を寄せた。

「もしや、兄貴、盗みかなにか！」

利吉のことばを、千蔭はすぐに否定した。

「追い詰められていたなら、それもあるかもしれぬが、権三には金が入ったところだった。そこまで危ない橋を渡るかどうか」

そんな度胸がなかったからこそ、借金がここまで膨れあがった。妹を売った金でも金は金で、それが手元にあるときに、危険な行動に出るとは思えない。

「そう言われれば……」

利吉は腕を組んで考え込んだ。

「それに借金は百両近かったのだろう。ちょっとした掏摸《すり》や空き巣で手に入る金ではない。大店でも狙えば別だがな」

大店に泥棒が入ったという話は、今のところ聞いていない。

黙りこくってしまった利吉に、千蔭は尋ねた。

「わたしが気になるのは巴之丞殿のことだ。また巴之丞殿が助け船を出したのかもしれぬと思ってな」

利吉は首をかしげた。

「いや、それはないかと」

「なぜだ」

「姐さんは自分が目をかけた者には優しいが、信頼を裏切った人間は決して許しません。見放した人間には、完全に興味をなくしてしまう。兄貴のことも心底呆れ果てているようでした。今更、金を渡すようなことはないかと」

「そうか……」

たしかに巴之丞にはそういうところがあるような気がする。人情に厚いように見えて、ときにひどく冷酷に相手を突き放す。お鈴のことは哀れに思っていたようだが、だからといって手を貸すつもりはないようだった。

「権三がいないのが気にかかるな。いま一度、権三の家を訪ねてみるか」

「へえ、駒形でございます」

「駒形？」

そういえば権三の長屋は、髷切りが現れたところのすぐ近くだ。

「ならば、これから行ってみるか。長兵衛の様子も気になる」

千蔭はそうつぶやくと、湯呑みの茶を飲み干した。


長屋にどんな住人が住んでいるかは、木戸をくぐっただけですぐにわかる。

長兵衛の住んでいる長屋は、騒がしくなくとも活気があった。井戸端も片付けられ、おのおのの戸口の前もきれいに掃き清められていた。

だが、この長屋はどこか饐《す》えたような臭いがする。食い詰め者ばかりが集まっている気配がした。

千蔭は、権三の名前のある戸口に立った。

「権三、いるか？」

返事はない。千蔭はそのまま引き戸を開けた。

利吉の言うとおり、布団が敷きっぱなしになっている。意外に広いのは、少し前までお鈴と一緒に暮らしていたせいだろう。中も思ったよりこぎれいにしている。

千蔭は眉を寄せてつぶやいた。

「このところ帰っていないのか？」

「は？」

八十吉が不思議そうな顔をすると千蔭は布団の脇に投げ出すように置かれた経木《きょうぎ》を指さした。

煮売り屋のものだろう。米粒が乾いて経木に張り付き、異臭を放っている。

たしかに昨夜のものではここまで臭うことはない。

どうやら、二、三日帰っていないように見える。部屋のほかの部分はそこまで散らかってはいない。臭う経木が普段からそのままにされているわけでもなさそうだ。

権三が青柳屋を尋ねたのが昨日の朝。そのまま行方をくらましてしまったのか。

だったらなぜ。

「江戸を出て、上方《かみがた》にでも向かったんでしょうか」

「それにしては旅支度をしたような様子はないな」

千蔭のことばに八十吉も頷く。

まるで大慌てで飛び出して行ったような様相だ。

「追っ手の目をごまかして、時間稼ぎをするにはこの方がいいが、だが権三がそこまで考えていたかどうかは難しいな」

千蔭は上がり框《がまち》に腰を下ろして、しばらく考え込んだ。

「お鈴に惚れていた男はいないのだろうか」

それはあれだけ可愛らしい娘ならば、見初《みそ》めている男はいくらでもいるだろう。たちの悪い兄がいるから、軽い気持ちで近づく者は少なかったとしても、思いを募らせていた男はいるかもしれない。

だが、千蔭はなぜそんなことを言い出したのだろう。

「まあいい。ともかく、長屋の者に話を聞いてみよう」

権三の部屋を出て、隣の戸口に立つ。

「誰かおらぬか。隣の権三について、少し話が聞きたいのだが」

「開いてるよ」

男の声がかえってくる。引き戸を開けると、月代をぼうぼうにのばした浪人らしき男が畳もない部屋であぐらをかいていた。男は千蔭を見ると、あからさまに目を丸くした。同心だとは思わなかったのだろう。

「権三がどうかしたのか」

「お鈴のことで行方を捜している。どこに行ったか知らぬか？」

浪人は首を横に振った。

「知らないね。お鈴ちゃんなら吉原に勤めに出たという話だ。どこの見世かは知らねえが、八丁堀の旦那なら、わけもなく捜せるだろう」

それを聞き流して、千蔭は板の間に腰掛けた。浪人は煙草盆《タバコ》をこちらに押しやった。

「今は権三を捜している。いつから顔を見ていない？」

「さあ……、三日前だったかな。そのときにお鈴ちゃんの話を聞いたよ。『よかったら遊びに行ってやってくれ』とか言ってたが、そんな金があればこんなところで燻《くすぶ》っているわけはねえよ」

それを聞いて、なんとも言えない不快感を覚えた。勤めに出たお鈴のことを、心底不憫に思っているのなら、そんなことは言えないはずだ。

浪人が煙管《キセル》筒から煙管を取り出したのを見て、千蔭は煙草盆を男の方に押し返した。

「そういえば、あれから顔は見ていないな」

「物音はどうだ」

壁の薄い長屋だから音は筒抜けのはずだ。

浪人はたっぷり考え込んだ。

「いや、言われてみれば音も聞こえていない。帰ってないのか？　まさか賭場に入り浸《びた》ってるなんてことは……」

「いや、それはないようだ」

権三がお鈴の身代金を返していなければ、八十吉もそう考えただろう。博打狂いに金を渡すということは、そういうことだ。

惣太の子分に言いつけて、昨夜のうちに賭場の聞き込みをすませているが、権三はどこにも現れていない。

「なにか、権三について変わったことを聞いていないか。どうも、二、三日帰っていないようだ」

「金を持ってるんだから、そのまま遠くに逃げたのかもしれぬぞ」

「それが金は持っていない。お鈴のところに返しにきているのだ」

浪人は今度こそ、本当に驚いた顔になった。

「それは……驚いたな。自分で言ったとおり、本当に真人間になったというわけか」

「自分で言ったとおり？」

たしか権三は利吉にも言っていた。絶対に真人間になってみせる、と。同じようなことをこの浪人にも言っていたらしい。

浪人は煙草に火をつけてから頷いた。

「ああ、なんでも博打からきれいさっぱり足を洗える方法を教えてもらったと言っていた」

それは初耳だ。千蔭も背筋を伸ばした。

「そんなことができるのか？」

「俺もそう尋ねたが、どうやら同じようにして足を洗った者がいる、と」

それがあったから、権三はあんなに自信ありげだったのか。

「権三はそれ以上のことは話さなかったか」

「ああ、俺も博打に手を出したことはないから、無理に聞き出そうとは思わなかったが、今思い返してみれば、たしかに少し妙だったな」

性根《しょうね》を入れ替えて真面目に働く以外に、博打から足を洗う方法があるのだろうか。千蔭もなにやら険しい顔をしている。

「ともかく、世話になった。もし、権三が帰ってきたらすぐに知らせてくれぬか。南町奉行所の玉島千蔭だ」

「礼は弾んでくれるのかい」

浪人者はにやりと笑ってそう言った。千蔭は頷いた。

「邪魔したな」

「かまわねえよ。時間は売るほどあるんだ」

そう言う男を背にして、千蔭と八十吉は長屋を出た。

「博打から足を洗う方法か……」

やはり千蔭もそれが引っかかっているようだ。

「なにか妙な気がしますね」

そんな話は聞いたことがない。権三は思慮深いとはとても言えないから、誰かに騙《だま》された上に、なにかやっかいなことに巻き込まれたのかもしれない。

風が砂埃を巻き上げた。千蔭は風のくる方へ手をかざした。

「そちらの方も洗ってみた方がよさそうだな」

そのまま長兵衛の長屋にまわった。長兵衛は起きていたが、傷の具合はあまりよくないらしい。血の気のない顔をして、ぐったりと枕に頭を預けていた。

「少しだけ話を聞いてもいいか？」

千蔭がそう尋ねると、小さく頷いて身体だけ千蔭の方に向ける。

「襲った奴の顔は見たか」

「ちらっとだけ見たが、月明かりじゃよくわからねえ。だが、知らない男だったのはたしかだ」

「もう一度見ればわかるか」

「たぶん……似てるか、似てないかくらいはわかるはずだ」

三十ほどで大柄な男。わかっていることはそのくらいだが、長兵衛と富八が顔を見ている。手がかりが皆無というわけではない。

「誰かに逆恨みされるような覚えはあるか？」

長兵衛は首を横に振った。

「覚えはねえ。それにいきなり後ろから髷をつかんでばっさりと切られた。俺を恨んでるなら、髷より先に切るところがあるんじゃねえか」

髷切りに襲われたと見せかけるならば、先に殺してから髷を切る方が自然だ。やはり髷が目当てだったのか。

だが、なんのために。結局疑問はそこに戻ってくる。

「最後にもうひとついいか。おまえ、博打はやるのか？」

長兵衛は不快そうに顔を歪《ゆが》めた。

「いや、絶対にやらねえ。親父が博打うちで、一族みんなが苦労したんだ。あんなものに手を出す奴の気が知れねえ」

「そうか。嫌なことを思い出させたな」

長兵衛は苦しげに姿勢を変えた。それを見て、千蔭は立ち上がった。

「具合が悪いところ、すまなかったな」

「やった奴をつかまえるためなら、造作もねえよ」

傷はまだ痛むようだが、昨日と比べれば顔色もよくなってきているような気がする。

外に出て長屋を離れてから、八十吉は千蔭に言った。

「長兵衛が嘘をついているような様子はなさそうですね」

「そうだな。やはり髷切りはひとりではないということか」

「どうしますか。これから」

「うむ……」

なにか考えているのか、千蔭は無言で歩き続ける。こういうときは、八十吉は邪魔をしないことに決めている。

声をかけるのは、奉行所や組屋敷の前を素通りしそうになったときだけだ。

しばらくして、千蔭が急に立ち止まった。広い背中にぶつかりそうになるのを、あわてて避けた。

千蔭は前を向いたまま言った。

「八十吉、すぐに惣太を呼んでくれ」


最近、博打からすっぱり足を洗った人間がいれば、そいつを捜してくれ。

千蔭は惣太にそう頼んだ。

惣太の女房は湯屋をやっているから、その二階は男たちのたまり場になっている。噂話は人の集まるところで広がっていくものだ。

顔も広いから、賭場に出入りしている人間のこともよく知っている。

あれきり、髷切りは現れていない。髷だけでなく、人に怪我を負わせてしまったことを悔いて、もうやめたのか。それとも、様子をうかがっているだけなのか。

それから、何日か経ったある日、千蔭と八十吉はまた青柳屋を訪ねた。

権三の行方はまだ知れない。もしかすると、お鈴の前にまた現れていないかと思ったのだ。

時間が早かったせいか、梅が枝も青柳屋にいた。化粧もせずに、浴衣《ゆかた》の上に綿入れを羽織った姿で千蔭を部屋に通す。

派手な打ち掛けで美しく装ったときの梅が枝と違って、紅すら塗っていない顔はどこか幼げにも見える。

やはり巴之丞によく似ている、と八十吉は思った。男と女の骨格は違うが、それをのぞけば瓜二つだと言っていい。

お鈴がすぐに、茶を運んできた。

「権三はあれから姿を見せておらぬか？」

千蔭がそう尋ねると、首を縦に振る。

嘘をつけるような娘ではないし、それに青柳屋には遊女だけではなく、男衆や禿《かむろ》もたくさんいる。人目を忍んで兄と会うことは難しいだろう。

「兄さんは大丈夫でしょうか」

千蔭はことばを濁さずにはっきりと言った。

「まだわからぬ。あれから長屋にも帰っていない。江戸を離れたのではないかと思っている」

お鈴は顔を曇らせた。だが、この前のように泣いてはいない。

兄と離れたことで、落ち着いて自分の境遇を顧みることができるようになったのかもしれない。

いくら兄妹といえども、これまでのことを思えば権三と縁を切った方がお鈴のためだ。

千蔭は茶をひとくち飲んでから、お鈴に尋ねた。

「権三は、博打から足を洗う方法を誰かに教えてもらったらしい。知っているか？」

お鈴は膝の上で指を組み合わせた。

「知りません。でも、教えてもらったとしたら、太助《たすけ》さんじゃないかしら」

「太助？」

「ええ、兄さんの博打仲間だったんだけど、三月《みつき》ほど前からすっぱりと足を洗って、それっきりだって、兄さんが愚痴《ぐち》を言ってた」

「女房でももらったとか」

「わたしは知らないけど……兄さんはそんなことはなにも言ってませんでした」

「ふむ……」

千蔭は顎に手をやって考え込んだ。お鈴は身を乗り出した。

「そんなことより、千蔭様、利吉さんは元気ですか？」

「利吉？　いや、ここ最近は顔を見ていないが、どうしてだ？」

お鈴はがっくりと肩を落とした。

それで思い出した。お鈴は利吉に惚れているのだ。

梅が枝は呆れたような顔で、煙管に煙草を詰めている。

「あの男は、あんまり青柳屋には顔を出さないよ。馴染みの遊女は中川屋《なかがわや》だからね」

そのことばに、お鈴は可哀想なほどうなだれた。

「なにか伝言があれば、利吉に伝えておくぞ？」

千蔭がそう言うと、梅が枝がくすりと笑った。

「女心がわからないねえ、千蔭様は。利吉が自分から会いにくるんじゃなけりゃあ、意味はないのさ」

「もう、姐さん！」

お鈴は耳まで真っ赤になる。

「あんな男、どこがいいのかと思うけどねえ」

梅が枝は利吉があまり好きではないらしく、辛辣《しんらつ》な悪口を言っているのも聞いたことがある。今はお鈴の前だから、まだ手加減しているのだろう。

だが、利吉の方はなぜお鈴の気持ちに応えてやらないのか。

権三が兄ではぞっとしないという理由だけではない気がする。

「利吉さんはいい人です。兄さんのことではとても親身になって相談に乗ってくれましたし」

お鈴は涙ぐみそうな顔でそう訴えた。

「そりゃあ、あんたを妹のように思っているからさ。自分の女となれば、また扱いも違う。悪いことは言わない。妹のままでいなよ」

梅が枝のことばに、お鈴は下を向いた。千蔭は眉をひそめた。

「そんなに女癖が悪いのか？」

「悪いなんてもんじゃない。あれはあれで病気だね。博打好きと似たようなものさ」

梅が枝は吐き捨てるようにそう言う。

たしかに役者顔負けのいい男だから、女にはもてるだろう。だが、博打のように女に振り回される人生というのも哀れに思えてくる。

こんなものは、一生もてることなどない男のひがみかもしれないが。

お鈴は、小さくつぶやいた。

「遊女になったら、利吉さん、会いにきてくれるかしら……」

「お鈴ちゃん」

名前を呼んだだけで、梅が枝の怒りが伝わってくる。お鈴は身体を縮めて詫びた。

「ごめんなさい……」

「あんたはいつだって自由になれるんだから、バカなことを考えるのはおよしよ。それに利吉だって、遊女のあんたと遊びたくはならないだろうよ」

お鈴は唇を噛んだ。

「利吉のことが好きなら、あいつを悲しませることはしないで、毎日笑って過ごしなよ。そのくらいしか、女にはすることがないのさ」

梅が枝は寂しげにそう言った。

なぜか、自分のことを言っているように聞こえたのは、八十吉の考えすぎだろうか。

組屋敷に帰る途中、八十吉は千蔭に尋ねた。

「太助という男のこと、探ってみますか？」

「そうだな……」

千蔭の返事はなぜか、そっけない。もっと興味を持ってもいいはずだが。

そういえば、梅が枝の部屋にいるときから、少し妙だった。気もそぞろというか、あきらかになにかに気を取られているように思えた。

ふいに、千蔭が足を止めた。そして言う。

「国克《くにかつ》のところに行くぞ」

歌川《うたがわ》国克は、役者絵を得意とする絵師だ。彼がいったいどうしたというのだろう。

わけを聞く間もなく、千蔭はずんずん歩いて行く。まだ開いている酒屋を見つけて酒を一升買った。

どうやら、国克になにか頼み事をするようだ。国克は酒好きだから、いい酒を持っていけば悪い顔はしない。

国克は長屋でごろりと横になって退屈そうにしていた。千蔭の提げている徳利を見て、目尻を下げる。千蔭は下戸《げこ》だから、酒を持っていれば手土産《てみやげ》に決まっている。

「あんたの持ってくる酒は、上等だからよくねえな。普段の酒がまずくなる」

にやつきながらそんなことを言う。

「ならば、このまま持って帰るがどうする？」

千蔭がそう言うと、あわてて手を伸ばして徳利を取った。

「普段の酒がまずくなるほど旨《うま》いと言ってるだけじゃねえか」

そのまま栓を開け、手近な湯呑みに注《つ》ぐ。燗《かん》をするつもりもないらしい。

「で、俺になんか聞きたいことがあるのかい」

役者絵を描いているから、役者の噂にはめっぽう詳しい。だが、今は国克に聞くようなことなどなにも思い浮かばない。

千蔭は腰を下ろしながら尋ねた。

「利十郎という男を知っているか」

「ああ、知ってるよ。賽子好《さいころず》きの見習い作者だろ」

はっとする。そう言えば、権三は昔、利十郎という名前で作者をやっていたと聞いた。

「でもとうの昔にやめたと聞いたが……」

「ああ、やめてからもうずいぶん経つらしい」

「利十郎がどうかしたのか？」

「顔を覚えているか？　似顔絵が欲しい」

国克はふふん、と鼻で笑った。湯呑みを片手に文机の前に移動する。

そのまま軽く墨を磨り、さらさらと筆でなにかを描き上げた。

「こんなもんでどうだい？　これ以上となると画料をもらわなけりゃな」

見れば、簡素な線で描かれているが、間違いなく権三の顔だ。

千蔭はかすかに口もとをほころばせた。

「問題ない。これで充分だ」

翌日、国克の描いた似顔絵を持って、千蔭は出かけた。

まず、富八の住む長屋を訪ねる。あいかわらず、どこかおどおどと目を泳がせていた富八だったが、似顔絵を見た瞬間、顔色を変えた。

「こいつです。この男が、長兵衛の髷を切った男だ」

八十吉は驚いて千蔭の顔を見たが、千蔭の表情はいつもと変わらない。

どうやら、見当はついていたらしい。

そのあと、長兵衛にも似顔絵を見せた。長兵衛の答えもまったく一緒だった。

奉行所に戻る千蔭に、八十吉は勢い込んで尋ねた。

「ということは、髷切りは権三ですかい？」

「長兵衛を襲ったのはな。その前まであった髷切りはたぶん違う。太助という男か、それともほかの誰かか……」

まだ八十吉にはなにがなにやらわからない。

太助と言えば、お鈴が話していた男だ。権三の友人で、博打うちだったのがすっぱり足を洗うことができたという。

「まさか切り落とした髷が、博打から足を洗う呪《まじな》いになるってわけでもないでしょうに」

そう言うと千蔭はにやりと笑った。

「いや、案外、そのまさかかもしれぬぞ」

太助という男を締め上げると、簡単に白状した。

何人かの男を襲い、髷を切り落としたのは自分だと。

最初はほんの偶然だったという。博打でいかさまを仕掛けられ、その仕返しをするために夜道で男を待ち伏せた。

殺すつもりはなかった。後ろから襲いかかり、首を締め上げて気を失ったところを、髷を切り落としてやった。

だが、そのとき、興奮で血がたぎるような気がしたのだと太助は言った。

「そのときに、気づいたんでさあ。俺は勝ちたくて博打をやっているわけじゃない。賽子の壺を開けるときの、あの血のたぎる感じ、あれが忘れられないんだと」

たった一瞬、その先に天国と地獄が枝分かれするその感覚。それが太助を駆り立ていたのだと。

だが、これ以上博打を続けることは命取りだということに、太助は気づいていた。

胴元への借金を、なんとかして返した後、太助は博打から足を洗うことに決めた。

そのときに思い出したのが、人を襲ったときの興奮だ。

退屈でくさくさして、賭場に行きたくてたまらなくなったときに、太助は暗闇で誰かをつけた。

一度、女を狙ってみたが、物陰に引きずり込んだ瞬間に大声を上げられて、あわてて逃げた。女は警戒心が強いし、身の危険を感じると、すぐに声を出す。男は呆然とするか、自分で抗おうとするから、助けを求めるのが遅くなる。

殺すわけではないし、金を取るわけでもない。もし見つかっても、悪戯のつもりだったと言えば、重い罪にはならないだろう。太助はそう考えた。

「で、それを権三に話したのだな」

「へえ……」

太助はうなだれながら頷いた。

本当は話すつもりはなかったと太助は言った。自慢できる話ではない。だが、権三があまりにもしつこく聞くので、口が滑ってしまったのだという。酒を飲まされたせいもあった。

「それで権三が真似ようとしたのだな」

だが、権三には太助ほどの注意深さはなかった。小柄な太助と違い、体格がいいことも理由の一つだったのだろう。抵抗されることも考えず、長兵衛に後ろから襲いかかり髷に手をかけた。

思わぬ抵抗を受けた権三は、長兵衛を斬ってしまったのだろう。

その先のことは、権三を問いただしてみなければわからない。


権三の行方がわかったのは、それからひと月ほど後だった。

お鈴にあてた文《ふみ》が、青柳屋に届いた。

まだ青柳屋で働いていたお鈴が、梅が枝を通して千蔭に知らせてくれた。

そこには、今は播磨《はりま》にいること、ふとした拍子に人を殺してしまったこと、逃げられるだけは逃げるつもりだということが記されていた。

金を返そうと思ったのは、つかまれば牢に入る自分のために、妹が苦界に沈む必要はないと考えたからだ。牢に入ってしまえば、胴元たちも手が出せない。

権三も決して悪人ではない。ただ、思慮が足りないだけなのだろう。

お鈴はそのまま青柳屋で働くことになった。売られたわけではないから、見世には出ない。ただ遊女たちの身の回りの世話をするだけだ。

文を読んだ千蔭が言った。

「長兵衛が死んでいないことを、権三に伝えなくてもいいのか」

長兵衛は順調に回復している。借金を返していないから江戸には戻れないとしても、少しはほっとするだろう。

お鈴はくすりと笑った。

「教えなくてもいいんじゃないですか？　兄は追い詰められるのが好きだったみたいですから」

その顔には、これまでなかったしたたかさが浮かんでいた。

お鈴はやっと気づいたのだろう。自分と兄とは別々の人間なのだということを。

抜けずの刀

西條奈加

この日、千七長屋《せんしちながや》の木戸口は、いつになく華やかだった。

正月も半ばを過ぎて、松がとれたばかりだが、かわりに色とりどりの繭玉《まゆだま》を飾ったかのようだ。そこから小鳥のさえずりのような声が、絶え間なくきこえてくる。

「にぎやかだな」

長屋の中ほどの戸があいて、男がひとり出てくると、さえずりはぴたりとやんだ。

「すまんな、邪魔をしたか」

二本差しの若い侍は、お縫《ぬい》に向かって苦笑した。すっきりとした頰の線に、涼やかな二重の目。月代《さかやき》と髭《ひげ》をきれいにあたり、小ざっぱりとした羽織袴《はおりはかま》を身につけている。

「いえ、こちらこそ、うるさくしちまってすみません」

あでやかな一団は、お縫とそのお針仲間の娘たちだった。

どういうわけだか前々から、しきりとお縫の家を訪ねたがる。長屋のとっつきにある千鳥屋《ちどりや》は、長屋の差配《さはい》であるお縫の父が表店《おもてだな》で営む質屋だ。一方のお縫の側には、あまり気乗りのしないそれなりの理由《わけ》もあるのだが、そうそう無下《むげ》にも断れず今日に至った。おまけにやってきた三人は、そろって見合いにでも挑むような、とびきり気合の入った装《よそお》いなものだから、お縫は大いに面食らった。

「新九郎《しんくろう》さまは、お出掛けですか？」

「うん、ちょっと野暮用《やぼよう》でな」

「ひょっとして、また、あっちのご用ですか？」

かるくにらまれて、侍はまた苦笑いを浮かべた。

「お縫にそんな顔をされると、なんだかとても悪いことをしているような気になるな」

「決していいことじゃありませんよ。そのうち刃傷沙汰《にんじようざた》になっても、知りませんからね」

「わかった、わかった。ほどほどにしておくよ。ではな」

繭玉のかたまりに、にっこりと微笑《ほほえ》んで、木戸を出ていった。ぼんやりと見送っていた娘たちが、その背が見えなくなったとたん、たちまち黄色い声を張り上げた。

「素敵！　こんな間近でお顔を拝見できたのは、はじめてだわ」

「ここで粘った甲斐《かい》があったわね。でもどきどきしちまって、挨拶《あいさつ》もできやしなかったわ」

「あんなお方と毎日立ち話ができるなんて、本当にうらやましいわ、お縫ちゃん」

口々に言い合う娘たちを、お縫は呆気《あっけ》にとられてながめていた。

「じゃあ、みんながやたらと家へ来たがっていたのは、新九郎さま目当てだったの？」

どうりでなかなか立ち去らず、木戸口で油を売っていた筈《はず》だ。

「でもあの方は、今年二十八におなりのはずよ。あたしたちより十ほども上だわよ」

この正月で十七になったお縫には、二十八も三十過ぎも大差がないように思える。

「まあっ、お縫ちゃんたら、あんな粋《いき》な殿方を、おじさん呼ばわりするつもり？」

「でもお縫ちゃんが恋敵《こいがたき》でないなら、好都合だわ。今度、文をわたしてもらえて？」

「あら、ずるい。それならあたしだって」

かしましいやりとりを、お縫は鼻白む思いできいていた。

（その男前が、裏稼業《うらかぎょう》持ちだと知ったら、どんな顔をするかしら）

梶《かじ》新九郎は、上野《こうずけ》にある小藩出の侍で、もともと筆が立つらしく、浪人となったいまは表裏ともに代書屋をしている。表で手紙の代筆をしながら、裏では偽《にせ》の証文や手形を拵《こしら》えていた。

「『善人長屋』の差配の娘が友達なんて、ついてるわ。お縫ちゃんさまさまだわね」

なにも知らない娘たちは、呑気《のんき》なものだ。この勿体《もったい》なくも皮肉なふたつ名を耳にするたびに、お縫はいまでも首筋がむずがゆくなる。

「言っておくけどあのお方は、名うての女たらしよ。袖《そで》の中は年がら年中、文の途絶えることがなくって、しかもどの誘いにもほいほいと出掛けていくのよ。いまだって、どこぞのお相手に会いにいったに違いないわ。素人《しろうと》娘が熱をあげたところで、いいように手玉にとられるのが落ちだわよ」

目の前の娘たちを、みすみす長屋の衆に近づけることはできぬ。お縫の精一杯の牽制《けんせい》だったが、三人の娘は誰もひるむようすがない。

「あら、そのくらいの噂《うわさ》は知ってってよ。女のあつかいに長《た》けていて、一緒にいるだけでとても心地がいいのですって」

一度でいいから手玉にとられてみたいものだと、口をそろえる娘たちに、お縫はついにかぶとを脱いだ。

「……わかったわ。文でも矢でも鉄砲でも、なんでもわたしてあげるわよ」

「で、なんだって、おれと兄貴にまで文がくるんだ？」

絵馬《えま》売りの帰りに立ち寄った文吉《ぶんきち》は、お縫のさし出した文に怪訝《けげん》な顔をした。兄と一緒に季物売りをしている文吉は、初午《はつうま》をひかえたこの時期は絵馬を商《あきな》ってい
た。

「あたしが新九郎さまへの橋渡しをするって噂が、お針仲間に広まって、中に唐《とう》さんや文さんの贔屓《ひいき》もいたってわけよ」

お針仲間の来訪から、五日ばかりが過ぎていた。

「唐さんはともかく、文さんに入れ込む手合がいるとはね」

「おれだって付け文くれえ、ちょくちょく……って、ま、兄貴のほうがちっとばかり多いがな。それによ、兄貴は若い女からもらうのに、おれはどういうわけだか、後家だの浮気なかみさんだの年増女《としまおんな》ばかりなんだ」

「それは気の毒だわね」

お縫は、ぷっと吹き出した。上背があり男らしい風貌《ふうぼう》の唐吉《とうきち》に対し、文吉はからだの線も細く、小生意気そうな色白の顔には幼さがのこる。年上の女からは、かわいらしく映るのだろう。

「あたしのお針仲間には、年増はいなくてよ。誘いに乗ってみちゃあどう？」

ふん、と鼻で返事をし、文吉は惜しげもなく、文をまとめて長火鉢に放り投げた。

「やだ、文さんたら！」

灰の上に落ちた薄紙は、やがて赤い炎をあげた。

「おれはおもんよりいい女でなけりゃ、相手をするなぞ御免だね」

「あんな女《ひと》がそこら中にごろごろしてたら、文さんの商売はあがったりでしょ」

まあな、と文吉が鼻をうごめかす。

「なにも唐さんの分まで、燃やさなくとも……」

「兄貴は先に一度、付け文でえれえ目に遭ってな、相手の女がやくざ者の紐《ひも》つきだったって落ちだ。美人局《つつもたせ》が逆に脅されるようじゃ、情けなくって涙も出ねえと、以来もらう片端から捨てっちまうんだ。よかったな、お縫坊」

「別に、あたしはなにも……」

まるでそこに唐吉がいるように、お縫の頬がぽっと染まる。唐吉の前では、お縫はどうもいつもの調子が出ない。そんな気持ちを見透かすように、文吉はにやにやしている。

「善行で売れてる上に、色男が三人もいちゃ、こりゃ長屋の評判もますます上がるってもんだな」

「色男を名乗るなら、浮名のひとつも流してからにしてちょうだい」

唐吉とは逆に、文吉にはぽんぽんとなんでもものが言える。一緒にいることもそれだけ多く、お縫と文吉こそが怪しいと言い立てるお針仲間もいた。

「ま、過ぎたるはなんとかだけど。新九郎さまには、もう少し慎んでもらいたいわ。よくない噂でもたてられちゃ、この長屋には厄介だもの」

お縫がため息をついたところで、質屋の店先がなにやら騒がしくなった。耳をすませた文吉が、やれやれといった顔になる。

「ありゃ、加助《かすけ》のおっさんだな。まあた、行き倒れでも連れ帰ったんじゃねえか」

善人長屋でただひとりの善人は、ひどくあわてたようすで、店番をしていたお縫の両親に何事か訴えているようだ。

「心配ねえよ、お縫坊。あいつがいる限り、善人長屋の評判は落ちようがねえ」

よくもまあ次から次へと感心するほどに、加助は人助けの種を拾ってくるのだった。

錠前屋を営む、このお人好《ひとよ》しの三十男が危なっかしくてならず、お縫も文吉も放っておけない。近頃ではついつい手を出して、加助の人助けに巻き込まれるのが常となっていた。

「賭《か》けねえか、お縫坊。おれは行き倒れに、越後屋《えちごや》の松風せんべい」

「いやあね、賭けなんて。でも、そうね、喜楽堂《きらくどう》のお饅頭《まんじゅう》ならいいわ。あのあてぶりからいくと、捨子でも拾っちまったんじゃないかしら」

あいにくと、せんべいも饅頭もふたりの口には入らなかった。

それどころではない一大事を、加助はたずさえてきたのである。


「新九郎さまがお縄になったって、どういうことなの、おとっつぁん！」

詰め寄る娘をちらと見て、儀右衛門《ぎえもん》は苦そうに煙をはいた。温厚篤実《とくじつ》な差配の顔に、滅多に見られぬ裏の影がちらとのぞく。傍らでは母親のお俊《しゅん》も、膝《ひざ》をそろえていた。

「旦那《だんな》は、殺しの下手人《げしゅにん》だ」

お縫のからだが、ざわりと鳥肌立った。

儀右衛門は、加助の知らせを受けて番屋に走り、もどってきたばかりだった。

「付け文で呼び出され、行ってみると当の娘が倒れていたと、旦那はそう言っている。すでに息はなかったそうだ」

仙台堀にかかる海辺橋《うみべばし》の南側は、寺がいくつも林立している。長屋のある深川山本町とは目と鼻の先で、俗に寺町と呼ばれていた。この寺町のはずれ、藪《やぶ》にかこまれた小さな堂の前で、娘は死んでいた。

殺されたのは、竪川《たてかわ》沿いにある、本所緑町《ほんじよみどりちよう》の料理屋『桂井《かつらい》』の末娘、おみちだった。

「その娘と会うのは初めてで、顔にも覚えがなかったそうだ。まあ、あの旦那にとっちゃ、それも珍しいことじゃなかろうが」

梶新九郎は、寺町に近い万年町《まんねんちよう》の番屋につながれている、と儀右衛門が言い添えた。

「あいにくと役人や親分衆は、旦那の言い分なぞ、まるで信じちゃいねえがな。厄介なのが、刀傷だ。首筋から袈裟《けさ》に斬られていてな、匕首《あいくち》なんぞじゃあ、ああはいかねえ。どう見てもあれは、侍の仕業だ」

新九郎はひとまず自身番屋に留置きとなったが、娘の遺体は、今夜のうちに「鞘《さや》」に送られたという。いわば大番屋にあたるものだが、深川では鞘番所と呼ばれていた。

「日頃から女出入りの派手な性分も知れている。男と女の仲が、こじれたあげくの始末だと、そうとられているようだ」

と、むっつりとした顔で腕を組んだ。思案をめぐらせるときの、儀右衛門のくせだった。

並の差配がこうむるにも難儀な事態だが、儀右衛門の憂慮はそれだけではすまぬ。役人の目がこの長屋に向くことは、なんとしても避けたい。

親の苦衷《くちゅう》を感じとったように、お縫が震える声で告げた。

「どうしよう……あたしこの前、新九郎さまについ言ってしまったの……いまに刃傷沙汰になっちまうって……それが本当になるなんて……」

「およしな、お縫、おまえのせいなんかじゃないよ」

母のお俊が、娘に向きなおった。

「それにおまえは、旦那を信じちゃいないのかい？」

張りのある瞳《ひとみ》が、お縫の目をのぞきこむ。どんなときでも、お俊はしゃんとしてくずれない。歳《とし》に似合わぬ色艶《いろつや》は、この胆力故《ゆえ》かもしれない。

「信じてるわよ、おっかさん。でも……たとえば相手の人が心中をはかろうとして、それを止めようと誤って、とか……」

「嫌だね、この子は。どこぞの芝居じゃあるまいし。あの旦那はね、たとえ己が殺されたって、女だけは決して死なせやしないよ」

お俊は、自信たっぷりに言い切った。

「旦那の袖がいっこう痩《や》せないのは、見目形《みめかたち》のせいばかりじゃないんだよ」

「たしかに、そのとおりだな。おれもあの人に限って、間違いはねえと思うよ」

女房の調子に乗せられて、儀右衛門は初めて表情をゆるめた。

「おまえには言っちゃいなかったがな、お縫、あの旦那はどうやら、国許《くにもと》にいたころあらぬ罪を着せられて、お家も藩も追われたようだ」

「まあ……そうだったの……」

それより詳しいことは、儀右衛門もあえてきかなかった。

「だからな、今度ばかりはひとつおれたちの手で、旦那の濡《ぬ》れ衣《ぎぬ》を晴らしてやろうじゃねえか」

「ええ、ええ！　そうね、おとっつぁん」

その夜のうちに儀右衛門は、情報屋《ねたもと》の半造《はんぞう》を呼んだ。

とりあえず殺された娘の周囲を調べるよう、儀右衛門は半造にたのみ込んだ。

翌日のことだった。

「すまねえが、おとっつぁんにちょいと、番屋まで来てもらいてえんだが」

万年町の番屋の男が、あわてたようすでとび込んできた。お縫はちょうど梶新九郎のために、さし入れの弁当をととのえていた。

「おとっつぁんは、あいにくと留守で……新九郎さまに、なにかあったんですか？」

儀右衛門はすでに今朝いちど、番屋に赴《おもむ》いているはずだ。何事かとたずねると、

「いや、あのお侍は大人しいもんなんだが、厄介《やっかい》な野郎に居座られちまって……」

事情をきいて仰天したお縫は、ひとまず父のかわりに番屋に駆けつけた。

「新の旦那は、決して人殺しなぞ致しやせん。そいつはおれも長屋の衆も、いくらでも証《あか》し立て致しやす。せめてどうか、この縄を外してあげておくんなさい」

番屋の真ん中に這《は》いつくばっているのは、加助であった。

「そうもいかねえのは、見てわかるだろう。お鞘と違って、お牢《ろう》じゃねえんだ。縄を外せば、誰だってとんずらできちまう」

奥の板間には、壁の鉄鐶《てつかん》につながれて、縄を巻かれた梶新九郎が胡座《あぐら》をかいている。その前座敷で、番屋の衆相手に加助が頭を下げていた。

「千鳥屋の娘さんかい？　よかった、この人を連れて帰っちゃくれねえか。儀右衛門の旦那と入れ違いにここへ来てから、ずうっとこの調子なんだ」

万年町に住まいこの辺を仕切っているという岡っ引きの親分は、加助のしつこさに辟易《へきえき》しているようだ。お縫を認めると、やれ助かったという顔をした。

「ね、加助さん、ひとまず帰りましょ」

お縫がその背に手をおいて、

「そうだぞ、加助。ここも案外、居心地は悪くない。おまえがそう気に病むことはないぞ」

当の新九郎までが説得にあたる始末だが、加助はがんとしてきき入れない。

「こういうときの加助さんは、たとえお相撲さんだって動かせっこないわ」

「骨身にしむほど有り難いんだが、いささかうるさくてな、昼寝もできんよ」

こそりとささやいた新九郎は、ひと晩括《くく》られていた憔悴《しょうすい》なぞどこにも見えず、相もかわらずすっきりとした風情《ふぜい》だ。

「旦那の腰のものを、調べてくだされればすぐにわかりやす。血の一滴、脂《あぶら》染《じ》みひとつ、ついちゃいねえはずだ」

「いや、だからな、差料《さしりょう》はいまお役人のもとにあるって、さっきも……」

初老の親分がげんなりと首をたれ、梶新九郎が喉《のど》の奥で笑う。

「加助にしてはめずらしく、理詰めだな」

ひたすら情に訴えるのが、加助の常の専売だった。

「新九郎さま、桂井の娘さんを見つけたときに、なにか気づいたことはありませんか？」

親分も番屋の衆も、加助の愁訴《しゅうそ》に気をとられている。この隙《すき》にと、お縫は素早くたずねた。

儀右衛門や半造が近づけば、まわりの警戒を生む。新九郎からの話は、お縫が引き出すよう父から言い含められていた。

「そうだな……まず、刺し傷の多さが目についた」

お縫は、父親の話を思い出した。「たしか……袈裟に斬られていたんじゃ……」

「うん、息の根をとめるなら、そのひと太刀で十分だったはずだ。なのにその上から、胸や腹を幾度も刺されていた。よほどの怨《うら》みがあったのかもしれんが、たいそう酷《むご》い有様だった……」

と、形のよい眉《まゆ》をひそめた。

「なにか手掛かりになりそうなものは？　たとえば、下手人が落としたものとか」

「いや、あたりを見回したが、落ちていたのは櫛《くし》だけだ」

「櫛……ですか」

「あの娘のものだろう、少し離れたところにあった。とどかぬ櫛を、じっとながめているような姿がなんとも哀れでな」

新九郎はしんみりと肩を落としたが、お縫は先をいそいだ。

「ほかになにか、気にかかったことは？」

「そういえば、袈裟が逆だったのが、妙に思えたな……」

肩からななめに斬り下げるのが、いわゆる袈裟がけだが、刃は左からではなく、娘の右の首筋からはいっていたという。

「刀は右肩に担《かつ》ぐものだ、そのままおろせば左の首に入る。相手の右を襲うのは、向こうも得物をもっているとき、いわば剣術つかいの戦法だ。町娘相手に、わざわざ使う道理がない。下手人はひょっとすると、左利《ひだりき》きなのかもしれないな」

「そういえば、新九郎さまも……」

侍が、こくりとうなずいた。小さい時分に直されて、筆も箸《はし》も右でつかうが、いまでも左のほうが力が強いと、お縫はきいたことがある。

「咄嗟《とっさ》の折にはくせが出るから、剣術がいちばん難儀した。すぐに相手の右を斬ろうとするもので、子供のころはよく叱《しか》られた」

「……どういうことでしょう？　新九郎さまのくせを真似《まね》て、わざとそうしたのかしら？」

「いいや、おれは江戸へ出てから、一度も剣は抜いていない。知っているのは、国許にいた道場仲間くらいだろう。そういや、そのころの幼なじみに、よく似た奴《やつ》がいたな」

　この侍の昔語りは、しごくめずらしいことだった。

「左ぎっちょも、右を斬るくせも、まるで一緒でな。道場では、ならんで説教を食らったものだ」

　思い出話にほころんでいた顔が、ふっと曇った。

「……おれにはどうやら、女難の相があるようだ」

　切ないような、苦しいような、ひどく曖昧《あいまい》な顔だった。国許で受けたという、濡れ衣のことだろうか。その思案が浮かんだが、お縫は口にしなかった。

「すまんな、おれのために長屋の衆が、面倒なことにならねばよいが……おまえの父親もさぞ困っているだろう。おれがこのまま咎《とが》を受けて、それで済む話なら
「……」

「なに言ってんです、加助さんだけじゃありません。おとっつぁんも長屋の衆も、新九郎さまは潔白だって信じてるんですよ。ご当人が弱気になって、どうするんです」

ここぞとばかりに、力をこめた。

「うちの長屋を、甘く見てもらっちゃ困ります。きっと真の咎人を捕まえて、ここから助け出してみせます。だから新九郎さまも、あたしたちを信じてくださいね」

「お縫……」

いっとき虚を突かれた顔になり、そして梶新九郎は、本当に嬉《うれ》しそうに微笑《ほほえ》んだ。

見慣れているはずのお縫が、思わずどきりとするほどに、きれいに澄んだ笑顔だった。

「いやあ、あのおみちってぇ娘ときたら、とんだあばずれで」

晩方遅く訪ねてきた半造は、丸い狸面《たぬきづら》をしかめてみせた。仕事の早さでは折紙つきの半造だが、さえない表情を見ると、めずらしく手間どっているようだ。

「新の旦那といい勝負ってえくらい、男出入りのはげしい娘で、かかわった男も袖にした野郎も数知れずだ。この中の誰かが、おみちを殺《あや》めたってえ目算は高えんだが、一両日のうちに下手人を絞るには厄介な数だ」

「おじさん、その中に、左利きのお侍はいないかしら？」

お縫は、梶新九郎からきいた話を披露した。

「侍も、旗本から浪人までよりどりみどりだが、絞る手掛かりにはなりそうだな」

「なににせよ、お鞘に移される前になんとかしねえと……いったん鞘番所《あそこ》に入れられちまえば、すぐに伝馬町《てんまちょう》送りにされかねないからな」

新九郎の身を案じてか、儀右衛門はいつになくあせっている。

「それなんですがね、旦那。殺しならすぐにも送られたっておかしくねえんですが、今度ばかりはようすが違うようで」

「どういうことだい」

「なにせ事の起きたのが、曲がりなりにもお寺社の内ですからね」

寺社地で起きた事件には、寺社奉行配下の役人が調べにあたる。

「なるほど、町方ほど手馴《てな》れてねえ分、進みも遅いというわけか」

「それとね、あの人騒がせな野郎も、存外役に立っているようで」

半造は、暗に加助をさして言った。悪党の長屋にはいたってそぐわない加助を、この狸髪結だけはひどくけむたがっていた。

「あいつの訴えは、馬鹿《ばか》みてえにまっとうですからね。昼間、番屋を騒がせてくれたおかげで、新の旦那がやったという確たる証しがねえってことも、まわり中に知れわたってる。とりあえず下手人らしき者があがれば、鞘に送っちまうのが連中の常套《じょうとう》だが、おそらくそれもやり辛《づら》くなるでしょうよ」

「しかし、いつまでもというわけにもいくまい。一刻でも早く、下手人を探す手立てはないものか」

儀右衛門が顎《あご》をなで、ここでお縫が、ひょいと身を乗り出した。

「おじさん、おみちさんの通夜《つや》葬式は、まだ済んじゃいないわよね？」

「ああ、仏が家にもどったのがついさっき、遅い刻限だったからね。明日の晩が通夜で、仕度に一日とって、葬式は二日先だろうよ。儀右衛門の旦那は、足を運びなさるんでしょ？」

「下手人を出した長屋の差配じゃ、追い返されちまうかもしれねえがな」

「あっしが別口で潜《もぐ》り込んで、話を拾っておきやしょう」

「だったら、あたしもおじさんとご一緒させてもらえない？　おじさんの娘ってことで」

「そりゃ、かまわねえが……」

「それとおとっつぁん、質流れの品から、ひとつ譲ってほしいのだけど」

「いったい、なにが入用なんだ？」

怪訝《けげん》な顔の父親と半造に、お縫は己の考えを話し出した。


「だめ、また違ったわ」

「なんだ、またかよ。お縫坊の勘ばたらきも、当てにならねえな」

茶店の縁台に、三度《みたび》もどったお縫に向かい、文吉が口を尖《とが》らせる。からっ風のはいり込む場所で長いこと座り込んでいるものだから、そろそろ嫌気がさしてきたようだ。

「あら、あたしの勘は、馬鹿にしたもんじゃないわ。ここからじゃ、遠過ぎるんですもの。相手の顔がわからないのよ」

「だからって、桂井の店先で足をとめた侍を、片端からたしかめるんじゃ埒《らち》が明かねえ」

本当なら、忌の文字が張られた料理屋のまん前を見張りたいところなのだが、それでは目立ちすぎる。仕方なく二軒おいた角の茶店で、ふたりは粘っていた。

もしも下手人がおみちに惚《ほ》れていた男なら、通夜葬式にきっと足をはこぶ。だが一方で罪の意識から、桂井の暖簾《のれん》をくぐることはしないのではないか。

お縫はそう考えて、葬式の最中にある店をのぞいてゆく侍がいるたびに、さりげなく近づいて顔をたしかめていた。

「図太い輩《やから》なら、いまごろ線香をあげているかもしれねえぜ」

「そっちは中にいる半おじさんに任せてあるし、弔《とむらい》客が出てくるときに見ておくわ」

「いまの男には、試しさえしなかったじゃねえか」

「目を合わせて、わかったのよ。あの人には、やましいことなぞなにもないわ」

お縫には、瞬時のうちに人を判ずる癖がある。善人の皮をかぶった悪党の中で育ったせいか、その眼力には自信があった。だが、それだけではやはり心許《こころもと》ない。

「せっかくこの櫛が手に入ったんですもの、無駄にしたりするもんですか」

手の中には、蒔絵《まきえ》の櫛があった。黒漆《くろうるし》に、金の蝶《ちょう》が一羽。梶新九郎が目にしたという、おみちが最期《さいご》につけていたものだ。お縫は一昨日の晩、半造とともに通夜に出向いた。

「どうかこれを、おみっちゃんのお棺にいれてあげてください」

お縫がさし出したのは、金蒔絵にさらに象嵌《ぞうがん》をほどこした櫛だった。おみちの両親は、そんな高価なものを、といささかあわてていたが、出処《でどこ》は千鳥屋の質流れ品だ。

「おみっちゃんには、色々と相談に乗ってもらったり、ほんとによくしてもらいました。せめてあたしの櫛をおみっちゃんと一緒にと……そのかわり、お願いがあるんです」

打ちひしがれている両親に、嘘《うそ》をつくのは気が咎めたが、これも梶新九郎のためだ。

形見におみちの櫛がほしい、できれば最期につけていたものを、というお縫のたのみを、おみちの両親はきき入れてくれた。

お縫はすでに三人の侍を見送っていたが、これを試したのはひとりだけだ。あいにくと、その男は外れだった。文吉が、退屈そうに大きな伸びをした。

「文さんこそ、気を抜いてたら、相手に逃げられちまうわよ」

「そんなヘマをするものか。おもんの格好をしてたって、男の足といい勝負だ。この姿なら、馬より速く走ってやらあ」

と、尻《しり》っ端折《ぱしょ》りの着物からつき出した、紺股引《ももひき》の脛《すね》をぱしりと叩《たた》いた。

「お縫坊、安倍川餅《あべかわもち》でも食わねえか？」

文吉が奥に向かって声を張り上げたとき、お縫の頬がぴりりと締まった。

ひとりの侍が、お縫の目にとまった。

まばらにのびた月代《さかやき》と髭。黒っぽい着物と袴《はかま》は、いく度も水をくぐっているらしく白茶けている。浪人風のその男は、ふたりのいる茶店の方角に歩いて来、桂井の前で足をとめた。しばし中をのぞく素振りをみせながら入ろうとはせず、中から店の女中が出てくると、顔を逸《そ》らせてその場をはなれた。

お縫はついと立ち上がり、伏目がちのまま、こちらに向かって歩いてくる浪人の姿をつぶさにたしかめた。華奢《きやしや》な文吉と同じくらいだろう、背はあまり高くない。変哲のない顔形よりも、すさんだ暮らしが透けるような、くずれた風情が目に立った。

お縫の耳の奥が、ずきずきと脈を打った。すれ違いざま、なにかを仰ぐふりで、お縫は頭をかたむけた。加減してさしたおみちの櫛は、浪人の目の前に、ぽとりと落ちた。

「おい、娘、櫛が……」

浪人の声は、そこで途切れた。ふり向くと、にかわで無理にかためたようにからだをこわばらせ、茫然《ぼうぜん》と地面を見つめる姿があった。

「まあ、お侍さま、申し訳ございません」

お縫はことさらゆっくりと櫛を拾いあげ、男からよく見えるようにした。

「娘……その、櫛は……」

土気色の顔の中で、虚《うつ》ろな目と口だけが、気味悪そうにひらかれている。気のせいだろうか、金気《かなけ》くさいにおいを嗅《か》いだように思え、思わず背筋がぞくりとしたが、

「これですか？　日本橋の小間物屋で見つけたものですけど、価《あたい》のわりに細工がよくて気に入っていたんです。なくさなくて、ほんとによかった」

なにくわぬ顔で、朗《ほが》らかに応じた。

そうか、とだけ呟《つぶや》いて、先刻よりいくらかおぼつかない足取りで、浪人は離れていった。

その後姿を見送って、お縫はこくりと首をふった。

心得た文吉が、相手がとおり過ぎるのを待って、すばやく縁台から腰を上げた。

「仙場和氏《せんばかずうじ》だと！」

梶新九郎が、声をあげた。

お縫はとっさに、しっ、と指を口に立てたが、幸い番屋の衆には届いていない。皆さし入れた酒と料理に舌鼓《したつづみ》を打ち、お俊の如才《じょさい》ないもてなしに興じており、咎人と、その食事の世話をしている娘のことは目に入らぬようだ。酒肴《しゅこう》の気配りは、梶新九郎が捕われて以来毎晩のことだから、ことさら怪しむ風もなくすっかり気を抜いている。

それでも耳目《じもく》をはばかって、声を落としてお縫はささやいた。

「やっぱり、新九郎さまのお知り合いだったんですね。どうやらおふたりが同郷らしいとわかったもので、お知らせにあがったんです」

あの日、文吉は、浪人の住まいと名をたしかめて、ひとまず長屋にもどり、あとの調べは狸髪結の半造がつけてくれた。

仙場和氏は、一年前から本所柳原町《やなぎはらちょう》の裏長屋でひとり暮らしをしていた。柳原町は、桂井のある緑町とおなじ竪川沿いの東寄りになる。

「まさか仙場が江戸に、しかも目と鼻の先の本所にいたとは……」

「ご存知なかったんですね」

「仙場は、おれの幼なじみだ……前に話したろう、おれと一緒に叱《しか》られていた左利きの道場仲間がいたと……あれが仙場和氏だ」

先にきいた話から、そうかもしれぬとの見当もあった。

「ほんのふた月ばかりですが、おみちさんが柳原町の長屋に通っていたことがありました。でも常のごとく、おみちさんはすぐに飽いちまって……仙場さまは、諦《あきら》めきれなかったようです。足が遠のいたのは半年ほど前ですが、そのあともおみちさんのまわりに、仙場さまらしき姿が時折見受けられたと」

武家の自尊心からか、絶えずつきまとうような類《たぐい》のものではなく、少なくともおみちの両親はなにも知らなかった。

「きっとおみちさんのあとをつけて、仙場さまはあの堂に……ひょっとすると、新九郎さまの袖に文を落とすところも、見ていたのかもしれませんね」

「……あの惨《むご》い刺し傷は……あいつが本当に憎しみをぶつけたかった相手は、おれだったのかもしれん……」

どういうことかとお縫は問うたが、梶新九郎はふっつりと口を閉ざした。

『桂井の娘殺しの下手人が、お解き放ちになった』

竪川沿いに、その噂が駆けめぐった。料理屋のある緑町では、おみちの両親があわてふためき、その騒ぎもつけ加えられて、おなじ川沿いの柳原町にもとどいた。

そして二日後の晩、町々の木戸が閉まる夜四つ前になって、深川浄心寺《じようしんじ》裏、千七長屋の入口をひとつの影がとおった。

どぶ板をはさんで三軒ずつ、向かい合わせにならんだ裏店《うらだな》は、しんと寝静まっている。その中にただひとつ、向かって左のまん中の障子から、薄く灯りがさしていた。影は音もなくそちらへ歩み寄り、躊躇《ためらい》なく障子戸をあけた。長屋の木戸もその戸口も、難なくひらいたことを不審には思わぬようだ。

「久しいな、和氏」

仄《ほの》かな灯りの中、影を正面に見据え、梶新九郎が端座《たんざ》していた。あつらえのいい羽織を、ふわりと肩にかけた姿は、ことのほか端整にうつる。

「解き放たれたというのは、誠であったか……どこまでも運のいい奴《やつ》よ」

仙場和氏の喉仏《のどぼとけ》がひくひくと動き、低く暗い声がもれた。

「腹を切って果てたはずのおまえが、生きていた。生きて、江戸で名をかえて、のうのうと暮らしていた。あの娘は、そんな男に付け文をしていたんだ……あのときのおれの気持ちが、おまえにわかるか？」

「おみちを……桂井の娘を殺《あや》めたのは、やはりおまえなのか？」

「それがどうした。おれを裏切った上、こともあろうにおまえに惚《ほ》れた。おれから志乃《しの》を奪った同じ男にだ！　一度ならず二度までもおまえに踏みにじられた、おれの胸の内が、おまえにわかるかっ！」

かっ、と仙場の両眼が見開かれた。そこにあるのはもはや怒りではない、狂気だった。刀に手をかけ、仙場が一歩、中へ踏み込んだ。しかし、

「うおっ！」

途端に前へつんのめり、せまい土間を越えた一段高い座敷のへりで、したたかに顎《あご》を打った。入口をはいった踝《くるぶし》あたりに、釣糸がぴんと張られている。万年町の親分が、仕掛けた罠《わな》だった。

長屋のまわりをかためていた小者たちが、一斉に姿をあらわし次々ととびかかる。

「おとっつぁん、これで新九郎さまは……」

「ああ、今度こそ本当に、お解き放ちだ」

外でなりゆきを見守っていた儀右衛門が、娘の肩に手をおいた。釣糸の罠を、さりげなく進言したのも父親だった。

——嘘の噂を流せば、本当の下手人が動くやもしれぬ。

新九郎がいよいよ鞘送《さやおく》りになりそうだと、そうと知った儀右衛門は、三日の限りを切って、新九郎を長屋にもどすよう願い出た。並みの町人が知りすぎているのも具合がわるい。それが仙場和氏だとは、あえて語らなかった。

親分も寺社役人もひどく渋っていたが、梶新九郎のようすは罪人にはほど遠く、証しもよわい。儀右衛門の説得は功を奏し、そしてなにより傍らにならぶ男の存在も大きかった。

「新の旦那を鞘送りにするというなら、どうかあっしも一緒に引っ括《くく》ってくだせえ！」

またもや、加助である。

この男のしつっこさには、誰もがうんざりしている。鞘番所どころか、小伝馬町の牢屋敷までついてきそうな勢いだ。咎人《とがにん》をかたく縄でいましめ、昼夜の別なく手下たちが見張ることを条件に、半ばあきらめ調子で儀右衛門の案をのんだ。新九郎が羽織を掛けていたのは、縄目を隠すためである。

「どうやら、あの櫛が効いたようだ。おまえのお手柄だよ、お縫」

仙場の動きは、かねてから長屋の衆が交代で見張っていたが、さらに儀右衛門は噂がとどいたころを見計らい、おみちの櫛を仙場に送りつけた。泡を食って逃げ出すようなら、そこをおさえつけ、脅してもすかしても白状させるつもりでいたが、仙場和氏はまっすぐこの長屋に赴いた。

狂犬のように抗《あらが》っていた仙場も、五人もの手下におさえられてはどうにもならない。まもなく、外に引きずり出された。あとを追うように、新九郎が姿をみせた。加助の助けを借りて、後ろ手に縛られたまま仙場の前にしゃがみ込む。

「おれへの怨《うら》みなら、なぜおれにぶつけなかった。どうしてあの娘に、あそこまで酷《むご》い真似《まね》を……」

おみちの無惨《むざん》な死に様を、思い出しているのだろう。端整な顔が、辛そうにゆがんだ。

「それに和氏、おまえは思い違いをしている。おれは志乃殿に、無体なぞはたらいてはおらん」

仙場は血走った眼でひとたび新九郎を睨《にら》みつけたが、ふいにその肩が揺れた。

「……ふ、ふふ……」

「和氏、たのむ、信じてくれ」

不気味な笑いは、哄笑《こうしょう》になった。小者におさえられたまま、仙場和氏は天を仰いでひとしきり笑いつづけた。

「ああ、信じるさ、信じているとも！　おまえは志乃に、指一本ふれてない。口説き文句さえ口にしていない。おまえに勝手に懸想《けそう》していたのは、志乃のほうだからな」

「……どういうことだ、和氏。だったら、志乃殿は……おまえの許婚《いいなずけ》は、どうして命を絶ったのだ」

「それはな、おれが志乃を手にかけたからだ」

「な……！」

新九郎が、言葉を失った。その沈黙を埋めるように、仙場が饒舌《じようぜつ》に語り出した。

「あいつがおまえを、憎からず思っていたことは知っていた。それだけなら、我慢もできた。だが志乃は、おれとの話を白紙にもどすと言ってきた。おまえのことが、どうしても諦めきれんと、そう言った。家同士が決めたこととはいえ、おれは子供のころから志乃だけを見てきたんだ。そんな女を、許せるはずがなかろうが！」

と、獣のような咆哮《ほうこう》とともに、仙場が渾身《こんしん》の力で、おさえられていた手をふり払った。

一瞬のことだった。

小者たちはもんどりを打って地面にころがり、仙場が膝立ちになった。縛られた姿のままの新九郎は、咄嗟《とっさ》にとびすさることもできない。ふたりを遠巻きに、輪になっていたその場の誰もが止めようとしたが、間に合わなかった。仙場の右手は、すでに刀の柄《つか》にかかっている。

「新九郎さまっ！」

悲鳴とともに、お縫は顔をおおった。

鼓膜《こまく》が破れたような静寂が耳をおおい、そして——。

「なぜだっ、なぜ、抜けん！」

お縫は、おそるおそる顔を上げた。地に尻をついてはいたが、梶新九郎は無傷だった。着物はもちろん、かけられた縄さえそのままだ。茫然と見守る新九郎の前で、柄をにぎった格好のまま、仙場が脂汗《あぶらあせ》をたらしていた。

「ちくしょう、なぜだっ、どうして抜けんっ」

仙場の左腰の刀は、まるで鞘に張りついたかのようにびくともしない。ふたたび小者におさえつけられても、抜けぬ刀にとりつかれでもしたように、仙場は虚《うつ》ろな目を不思議そうにまたたかせていた。

「いったい、どうなってんだい」

刀をとりあげた万年町の親分も、いく度も試しては首をかしげている。

「人斬りをしたもんで、刃が曲がっちまってるんじゃねえですかい？」

うなずいた親分は、言った小者に命じ、鞘を斧《おの》でたたきこわした。

「あっ！」

あらわれた刀にも、無理に剝《は》がされた鞘の内側にも、赤黒いものがべったりと張りついていた。

「こりゃあ、おみちの血か……この侍、血を拭《ぬぐ》わずに鞘におさめていやがった」

万年町の親分は、薄気味悪そうに下手人に目を落とした。

（あれは……気のせいじゃなかったんだ……）

お縫は胸の内で呟いた。

桂井の前で仙場とすれちがった、あのときと同じにおいがかすかに漂《ただよ》っていた。

「おっかさん、新九郎さまがご家老さまのご三男って話、本当なの？」

長屋の木戸前を竹箒《たけぼうき》で掃いているお俊に、お縫がたずねた。

桂井の娘の一件から、ひと月以上が過ぎていた。春も盛りにかかり、桜の枝は桃色の蕾《つぼみ》でみっしりとおおわれている。

「ああ、本当さ。二万石の小さな藩らしいけど、お父上はその国家老らしいよ」

しかしその大層な身分の父親は、あっさりと息子を見限った。新九郎が乱暴をはたらいたために、許婚が自害した。仙場和氏の嘘の申し立てを受けて、すぐさま息子に切腹を言いわたした。新九郎は必死に無実を訴えたが、親兄弟は耳を貸さなかった。

「それにしても、ひどい話ね。親に信じてもらえないんじゃ、子の甲斐《かい》もありゃしないわ」

木戸に八つ当たりするように、雑巾《ぞうきん》でごしごしとこする娘に、お俊が苦笑する。

「信じる信じないというより、そんな騒ぎを起こしただけで、お武家には恥になるからね。息子ひとりの命より家を守るほうが大事、お侍ってのはそういうもんさ」

新九郎をひそかに逃がしたのは、屋敷の奉公人たちだった。屈託《くったく》のない三男坊は、女中にも下男にも好かれていたのだろう。

「あの仙場って侍の話だと、上野《こうずけ》のお国許じゃ、新の旦那は自害したことになっているようだね。国家老の力をつかって、うまく事を収めたんだろうさ」

「なんだか、気塞《きふさ》ぎな話だわ。新九郎さまがおかわいそうで……いくら濡れ衣が晴れても、いまさらお国にも戻れないでしょうし……でも、あの仙場ってお侍にも、ちゃんと罰《ばち》は当たったのだわ」

　許婚を殺めたことは、仙場和氏の心に深い影を落としたのだろう。役目にも身が入らず、一年も経ずに職を追われた。藩をはなれ長い放浪のあげく、ちょうど去年のいまごろ本所に落ち着いたようだ。

「梶新九郎というのも、本当の名ではないのでしょう?」

「名なぞ、どうだっていいさ。梶新九郎ってお侍が無事で達者なら、それでいいじゃないか」

　そうね、と微笑《ほほえ》んだとき、当の新九郎が戸口から出てきた。

「新九郎さま、また、ですか?　ちっとも懲《こ》りてないんですね」

「そう言うな、お縫、今日ばかりは、どうしても行ってやらねばな」

　責めるような眼差《まなざ》しを、春の木漏れ日のようにさらりとかわす。

　お俊が、ああ、と合点した顔になった。

「まったくもう、こっちがどれだけ気を揉《も》んでるか、少しはわかってもらいたいわ」

　梶新九郎が木戸を出ていくと、お縫はぷくりと頬をふくらませた。

「無粋な子だねえ。今日がなんの日か、わからないのかい?」

桂井の娘、おみちの四十九日だときいて、あ、とお縫は口をあけた。

「じゃあ、新九郎さまは……」

「そうだよ、線香を手向《たむ》けに行ったのさ」

深川寺町にある海福寺《かいふくじ》が、桂井の菩提寺《ぼだいじ》らしい、とお俊が言葉を添えた。生前のおみちにも、寺町はなじみの場所だったのだろう。だから待ち合わせの場にえらんだ。

「お縫、知ってるかい？　あの旦那はね、仏さんをそのままにしておけず、背中に負って万年町の番屋まで届けたんだ」

よけいな真似を、と役人にはどやされ、かえっていらぬ疑いをまねく始末となったが、こんな寂《さび》れた場所で野犬にでも荒されはしまいかと、新九郎は案じたようだ。

「ただでさえ脛に傷持つ身なんだ、うっちゃって逃げちまってもおかしくない。しかも旦那にとっては、見ず知らずの娘なのにね」

着物が汚れるのもかまわずに、血まみれのおみちを背負う姿が、お縫の目にも見えるようだった。

「かわいそうな死に方をしたけれど、最後に好いた男にやさしくされて、おみちさんはうれしかったんじゃないかねえ。だから己の血で、新の旦那を守ったんだ」

「あの抜けずの刀は……おみちさんが……」

「あたしにはね、そう思えてならないんだよ」

まるで応じるように、春の甘い香りが、ふわりとお縫を包みこんだ。

のんびりと遠ざかっていた侍の姿が角をまがり、見守る母子《おやこ》の視界から消えた。

解説

細谷正充

手元にある辞書で〝捕物帳〟を調べると、「①江戸時代、目明《めあか》しなどが、捕物について記した覚書《おぼえがき》。②捕物を題材とした、時代物の推理小説」とある。現在、捕物帳といえば、多くの人が②の意味で受け取るだろう。岡本綺堂《おかもときどう》の『半七《はんしち》捕物帳』によって、時代小説とミステリーの両ジャンルに跨《また》がる〝捕物帳〟が誕生。その後、野村胡堂《のむらこどう》の『銭形平次《ぜにがたへいじ》捕物控』や、横溝正史《よこみぞせいし》の『人形佐七《にんぎょうさしち》捕物帳』などの諸作によって、人気ジャンルになったことは周知の事実である。

捕物帳の主人公は、岡っ引き（目明し・御用聞き）や同心《どうしん》がメインだが、若さまと呼ばれる正体不明の浪人を名探偵役にした城昌幸《じょうまさゆき》の『若さま侍捕物手帖』や、平賀源内《ひらがげんない》が謎を解く久生十蘭《ひさおじゅうらん》の『平賀源内捕物帳』などといった作品も早くから存在した。現在では、主人公の設定を始め、さまざまな趣向を凝《こ》らした捕物帳が、次々と生まれている。また、捕物帳とはタイプの違う時代ミステリーも、さかんに書かれるようになった。本書のタイトルは『とりもの〈謎〉時代小説傑作選』だが、このような状況を踏まえて、幅広い作品を収録したつもりである。第一線で活躍している五人の女性作家の物語を堪能《たんのう》してほしい。

「雪花菜《きらず》」梶よう子

本作は、「商《あきな》い同心」シリーズの第一話だ。奉行所の同心といえば、俗に花の三役と呼ばれる定町廻《じょうまちまわ》り・隠密《おんみつ》廻り・臨時《りんじ》廻りが有名である。だが、それだけで江戸の治安は守れない。奉行所には、実にたくさんの役職があるのだ。市中の品物の値を監視し、また幕府の許可していない出版物を調べ、どちらも悪質であった場合は奉行所にて訓諭《くんゆ》する諸色調掛《しょしきしらべがかり》同心も、そのひとつである。

本作の主人公・澤本神人《さわもとじんにん》は、定町廻りを経て、隠密廻りになったが、理不尽な理由で諸色調掛同心に異動になった。しかし亡くなった妹の娘の多代《たよ》を育てているので、三廻《さんまわ》りより融通《ゆうずう》の利く今の役職を結果ＯＫと思っている。このように、あまりこだわりを持たない、太平楽《たいへいらく》な男である。

そんな神人のもとに、隠居した父親が、廻りの小間物屋から鼈甲《べっこう》を高値で売られたという、商家の主人の訴えが持ち込まれる。さっそく調査を始めた神人だが、隠居が殺され、小間物屋が下手人《げしゅにん》と目された。しかし、それに疑問を覚えた彼は、独自に真相を追う。

この殺人事件とは別に、おからを使った稲荷鮓《いなりずし》の屋台の話が挿入《そうにゅう》される。狐の面を被《かぶ》った、屋台の主《あるじ》は何者か。当時の時代相を活用しながら、ふたつのエピソードを結びつけ、急転直下の解決へと導く、作者の手腕が冴《さ》えている。心温まるラストも気持ちよかった。

「庚申待《こうしんまち》」麻宮 好

作者のデビュー作は、第一回日本おいしい小説大賞に応募した作品を改稿した『月のスープのつくりかた』である。だが広く注目されるようになったのは、第一回警察小説新人賞を受賞した『恩送り 泥濘《でいねい》の十手《じって》』からだ。警察小説新人賞の最初の受賞作が捕物帳かと驚いたが、読んで納得。とても優れた作品であったのだ。その後刊行した市井譚《しせいたん》『月のうらがわ』や、芸道小説『母子月《ははこづき》 神の音《ね》に翔《と》ぶ』にもミステリーの要素が入っていたので、そのような指向を好むのであろう。そんな作者の書き下ろし作品を、本アンソロジーに収録できたのは、大きな喜びである。

庚申待という民間信仰がある。詳しいことは本作に書かれているので、そちらを参照してほしい。その庚申待の夜、錺師《かざりし》の作蔵《さくぞう》が娘のおさとと一緒に雪の道を、話しながら歩いていく。読者は何か違和感を覚えながら、ふたりの姿を見つめることになる。

これと並行して、連続して少女がかどわかされ殺されるという、凶悪な事件を追う岡っ引きの吾一《ごいち》親分と、火事で両親を失い曲折を経て子分になった勇吉《ゆうきち》の行動が描かれていく。勘働きの鋭い吾一は下手人のもとに行きつくが、そこには思いもよらぬ光景が広がっていた。

作者は早い段階で、ふたつのエピソードの関係性を露《あら》わにする。明らかになる真実は、やりきれないものであった。しかし救いはある。作蔵とおさとに、勇吉と両親の話を重ね合わせ、親子の情愛を重層的に描き切っているのだ。そして、魂の救済を予感させるラストに、しみじみとしてしまうのである。

「寿限無《じゅげむ》」浮穴みみ

本作は、第三十回小説推理新人賞を受賞した、作者のデビュー作である。舞台は、天保《てんぽう》の改革の嵐が吹き荒れる江戸。神田に、吉井数馬《よしいかずま》と奈緒《なお》の兄妹が営《いとな》む幼童《ようどう》手跡指南《しゅせきしなん》「吉井堂」——いわゆる町屋の手習い所があった。算術や天文学に長《た》けた数馬だが、自分の興味のあることに夢中になる性格。手習い所の子供たちの面倒は、もっぱら奈緒が見ている。

そんな「吉井堂」に、近所に引っ越してきた指物師《さしものし》の佐太郎《さたろう》と息子の新吉《しんきち》の親子がやって来た。新吉を「吉井堂」に入れたいというのだ。だが佐太郎には、何やら裏があるらしい。さらに新吉が、異界に迷い込んで、亡くなったおっかさんの幽霊を見たという。しかも、おっかさんは、なぜか〝じゅげむ〟という一言を呟《つぶや》いたとのこと。この新吉の不思議な話を、合理的に解決する数馬は、まさに名探偵といっていい。

さらに神田に出没した幽霊の謎（真相に苦笑してしまった）や、数馬の出自《しゅつじ》に関する疑い、幕府が独自に進める改暦《かいれき》による朝廷との軋轢《あつれき》など、読者の興味を惹《ひ》くネタが盛りだくさん。最後には、奈緒にも秘密があることが判明する。話が終わっても不明な点があるが、安心してほしい。本作を冒頭に置いた連作集『吉井堂 謎解き暦 姫の竹、月の草』を読めば分かるようになっている。そういえば作者は、「小説推理」二〇〇八年八月号に、本作と共に掲載された「受賞の言葉」で、「謎の向こうに解だけではなく真実がある、目から鱗《うろこ》の推理小説が世界を変えると信じています」と述べている。この連作集で、作者の言葉を深く理解することができるだろう。

「だんまり」近藤史恵

冒頭でも書いたが捕物帳は、時代小説とミステリーの両ジャンルに跨《また》がっている。したがってミステリー作家が時代小説に初めて挑むとき、自身の世界に引き寄せやすい捕物帳を選択することがよくある。ミステリー小説で活躍していた作者の「猿若町《さるわかちょう》捕物帳」シリーズも、そのような作品といっていいだろう。主人公は、南町奉行所定廻り同心の玉島千蔭《たましまちかげ》。男前だが堅物《かたぶつ》で、仕事熱心だ。そんな千蔭に協力するのが、猿若町中村座の人気若女形《おやま》・水木巴之丞《みずきともえのじょう》と、吉原《よしわら》の花魁《おいらん》の梅《うめ》が枝《え》だ。他にもレギュラーが何人かおり、シリーズはなかなか賑《にぎ》やかである。

男の髷《まげ》が次々に切られるという、奇妙な事件が発生。三件目までは北町奉行所の担当だったが、月が替わり、四件目は千蔭が担当になった。その一方で彼は、別の騒動にもかかわる。巴之丞に気に入られ、最近では一幕書かせてもらうこともよくある狂言作者の桜田利吉《さくらだりきち》が、お鈴《すず》という娘と揉《も》めているところに行き合わせたのだ。お鈴は、利吉の元兄弟子だった権三《ごんぞう》の妹である。博打《ばくち》好きで借金を背負った権三がお鈴を吉原に売ろうとしており、利吉はそれを止めようとしていた。お鈴をなんとかしようと、一度は自宅で預かった千蔭だが……。

と、お鈴の件で振り回されているうちに、新たな髷切り事件が発生。しかも今回は、被害者が手傷《てきず》を負った。ここから千蔭の気づきにより、ふたつの騒動が解決する。無関係に見えた騒動の、結びつけ方が面白い。ミステリーのキモの部分なので触れられないが、作者の着想に感心した。

「抜けずの刀」西條奈加

深川浄心寺《じょうしんじ》裏、山本町にある千七《せんしち》長屋は、真面目《まじめ》で気のいい人ばかりが暮らしていると評判になり、今では〝善人長屋〟と呼ばれている。だがそれは表の顔に過ぎない。質屋の裏で盗品を扱う長屋の差配の儀右衛門《ぎえもん》を始め、住人たちも裏稼業に手を染めている。各住人の女房や子供も承知のことだ。そんな長屋に手違いで、正真正銘の善人の加助《かすけ》が入ってきた。善行に邁進《まいしん》する加助に巻き込まれ、長屋の住人たちは、裏の顔を駆使《くし》して騒動を解決していく。

本作を含む「善人長屋」シリーズの最大の魅力は、この設定にある。ただしこの作品は、加助が騒動を持ち込むわけではない。表で手紙の代筆をしながら、裏では偽の証文や手形を整えていた長屋の住人の浪人・梶新九郎《かじしんくろう》が、娘を斬殺《ざんさつ》した下手人として捕まったのだ。本人は付け文で呼び出され、行ってみたら娘が死んでいたといっている。新九郎の無罪を信じる儀右衛門の娘のお縫《ぬい》は、両親や長屋の住人の協力を得て、新九郎を助けようとするのだった。

内容は盛りだくさん。なにしろ新九郎が捕まった殺人事件に、彼が浪人になった原因の過去の事件が絡《から》まるのだ。そこからシリーズ・メンバーである新九郎の魅力的なキャラクターを表現しているのである。また、善行一直線の加助で笑いを取ったり、タイトルの意味に戦慄《せんりつ》と哀愁《あいしゅう》を込めたりと、諸要素が手際よく詰め込まれている。だから読みごたえのある話だったと、大きな満足感を得られるのだ。

捕物帳が誕生してから、すでに一世紀以上の歳月が経《た》った。ジャンルは成熟し、今なお進化している。繰り返しになるが、捕物帳とは違うタイプの時代ミステリーも増加中だ。バラエティに富んだ本書収録の五作を読んで、そのような状況の一端を感じ取ってもらえれば嬉しい。本書の先には、読めども尽きぬ豊かな世界が控えているのである。

（文芸評論家）

出典

「雪花菜」（梶よう子『商い同心　千客万来事件帖』実業之日本社文庫）
「庚申待」（麻宮好　書き下ろし）
「寿限無」（浮穴みみ『吉井堂　謎解き暦　姫の竹、月の草』双葉文庫）
「だんまり」（近藤史恵『土蛍　猿若町捕物帳』光文社文庫）
「抜けずの刀」（西條奈加『善人長屋』新潮文庫）

編者紹介

細谷正充（ほそや　まさみつ）

文芸評論家。1963年生まれ。時代小説、ミステリーなどのエンターテインメントを対象に、評論・執筆に携わる。主な著書・編著書に『歴史・時代小説の快楽 読まなきゃ死ねない全100作ガイド』、「時代小説傑作選」シリーズなどがある。

著者紹介

梶よう子（かじ　ようこ）

東京都生まれ。2005年、「い草の花」で九州さが大衆文学賞、08年、「一朝の夢」で松本清張賞、16年、『ヨイ豊』で歴史時代作家クラブ賞作品賞、23年、『広重ぶるう』で新田次郎賞を受賞。著書に『我、鉄路を拓かん』『噂を売る男　藤岡屋由蔵』『紺碧の海』、「商い同心」「摺師安次郎人情暦」シリーズなどがある。

麻宮　好（あさみや　こう）

群馬県生まれ。2020年、日本おいしい小説大賞応募作『月のスープのつくりかた』を改稿し、デビュー。22年、『泥濘の十手』（刊行時、『恩送り　泥濘の十手』に改題）で、警察小説新人賞を受賞。著書に「泥濘の十手」シリーズ、『母子月』『月のうらがわ』『龍ノ眼』などがある。

浮穴みみ（うきあな　みみ）

1968年、北海道生まれ。千葉大学文学部卒業。2008年、「寿限無」で小説推理新人賞、18年、『鳳凰の船』で歴史時代作家クラブ賞作品賞を受賞。著書に「おらんだ忍者（しのび）・医師了潤」シリーズ、『楡の墓』『小さい予言者』などがある。

近藤史恵（こんどう　ふみえ）

1969年、大阪府生まれ。大阪芸術大学芸術学部文芸学科卒業。93年、『凍える島』で鮎川哲也賞を受賞してデビュー。2008年、『サクリファイス』で大藪春彦賞を受賞。著書に『山の上の家事学校』『おはようおかえり』、「ビストロ・パ・マル」シリーズなどがある。

西條奈加（さいじょう　なか）

北海道生まれ。2005年、『金春屋ゴメス』で日本ファンタジーノベル大賞、12年、『涅槃の雪』で中山義秀文学賞、15年、『まるまるの毬』で吉川英治文学新人賞、21年、『心淋し川』で直木賞を受賞。著書に『六つの村を越えて髭をなびかせる者』『睦月童』『四色の藍』『バタン島漂流記』『婿どの相逢席』などがある。

本書は、ＰＨＰ文芸文庫のオリジナル編集です。

本文中、現在は不適切と思われる表現がありますが、差別的な意図を持って書かれたものではないこと、また作品が歴史的時代を舞台としていることなどを鑑み、原文のまま掲載したことをお断りいたします。

PHP文芸文庫　とりもの
〈謎〉時代小説傑作選

2024年11月21日　第1版第1刷

著者	梶よう子　麻宮好 浮穴みみ　近藤史恵 西條奈加
編者	細谷正充
発行者	永田貴之
発行所	株式会社ＰＨＰ研究所
東京本部	〒135-8137 江東区豊洲5-6-52 文化事業部　☎03-3520-9620（編集） 普及部　☎03-3520-9630（販売）
京都本部	〒601-8411 京都市南区西九条北ノ内町11
PHP INTERFACE	https://www.php.co.jp/
組版	朝日メディアインターナショナル株式会社
印刷所	TOPPANクロレ株式会社
製本所	東京美術紙工協業組合

ISBN978-4-569-90437-5

PHP文芸文庫

時代小説傑作選シリーズ

宮部みゆき他 著／細谷正充 編

あやかし／なぞとき／なさけ
まんぷく／ねこだまり／もののけ
わらべうた／いやし／ふしぎ
はなごよみ／はらぺこ／ぬくもり
おつとめ／なみだあめ／えどめぐり

睦月童《むつきわらし》

西條奈加 著

「人の罪を映す」目を持った少女と、失敗続きの商家の跡取り息子が、江戸で起こる事件を解決していくが……。感動の時代ファンタジー。